말, 글, 뜻

말, 글, 뜻

초판 1쇄 발행   2017년 09월 30일

글쓴이   권상호

펴낸이   김왕기
주 간   맹한승
편집부   원선화, 이민형, 김한솔, 조민수
마케팅   임동건
디자인   푸른영토 디자인실

펴낸곳   **(주)푸른영토**
　　　　　주소　　　　경기도 고양시 일산동구 장항동 865 코오롱레이크폴리스1차 A동 908호
　　　　　전화　　　　(대표)031-925-2327, 070-7477-0386~9
　　　　　팩스　　　　031-925-2328
　　　　　등록번호　　제2005-24호(2005년 4월 15일)
　　　　　홈페이지　　www.blueterritory.com
　　　　　전자우편　　designkwk@me.com

ISBN 979-11-88292-32-5   03810
ⓒ권상호, 2017

말, 글, 뜻

권상호

푸른영토

말은 생각과 느낌이 흐르는 강이며,
글은 생각과 느낌을 담는 바다다.

우리는 잃은 게 너무 많다.
텔레비전을 얻은 대신에 대화를 잃었다.
컴퓨터를 얻은 대신에 생각하는 힘을 잃었다.
휴대전화를 얻은 대신에 독서를 잃었다.
인터넷을 얻은 대신에 더불어 사는 즐거움을 잃었다.
키보드를 얻은 대신에 붓마저 잃어버렸다.

생각은 깊게, 느낌은 넓게 하면서 살았던 선조, 단세포적 반응으로 살아가는 우리. 상상은 다양하게, 행동은 고상하게 하면서 살았던 선조, 게임을 통한 무한자극과 복권을 통한 대박을 꿈꾸며 살아가는 우리. 은근하고 지속적인 즐거움을 누리며 살았던 선조, 순간적이고 자극적인 쾌락만을 찾으며 살아가는 우리.
기술과 정보를 얻은 대신 머리와 가슴을 잃어버렸다.
아바타를 얻은 대신 나를 잃어버렸다.

우리는 어디서, 무엇을, 어떻게 찾을 것인가.
생각과 느낌의 씨앗인 말, 글에서 빛바랜 이성과 감성을 되찾고 느림의 미학으로 잃어버린 감각을 되찾아야 한다.
말, 글 속에 숨겨진 은밀한 의미를 찾으며 숱한 밤을 지새우기도 했다. 글이 발하는 빛과 말이 내는 소리로 소통과 공유를 실천하는 나는 행복하다.

언제나 눈을 뜨면 시간이 내 앞에 정직하게 서서 기다리고 있는다. 시간은 언제나 나와 동행하며 말을 글로 남기란다.
사라지기 쉬운 말과의 짧은 만남이 글과의 긴 여운으로 남기를 기대하며 작은 생각, 큰 용기로 책 한 권을 내놓는다.

차례

꽃씨를 뿌리는 것도 즐거움이고,
꽃이 지는 것 또한 즐거움이다.

"오늘 가장 좋게 웃는 자는
최후에도 역시 웃을 것이다."

굽이치지 않고 흐르는 강물이 어디 있으며,
흔들리지 않고 피는 꽃이 어디 있으랴.

꽃씨를 뿌리는 것도 즐거움이고,
꽃이 지는 것 또한 즐거움이다.

치산치수와 민주정치

治山治水
民主政治

예전의 군왕은 치산치수(治山治水)를, 오늘날의 대통령은 민주정치(民主政治)를 다스림의 근본으로 삼았다. 사실 '다스림'이란 말보다 '다독거림'이 낫다고 생각한다. 이 두 단어에 공통으로 나오는 '치(治)' 자를 보면 다스림이란 국민이 '물 마시고(氵: water supply), 숨 쉬고(厶: air quality control), 먹는(口: feeding the people)' 일을 보살피는 것이다. 명쾌한 삼박자 해석이다.

치산치수는 단순히 산과 내를 잘 관리하여 가뭄이나 홍수 따위의 재해 예방를 예방하는 다스림이 아니다. 우리는 치산(治山)을 통해 불을 사용할 수 있고, 치수(治水)를 통해 물을 공급받을 수 있다. 치산으로 목재를 얻어 집을 짓고 수레를 만들며, 치수로 농사

짓고 배를 띄울 수도 있다. 치산치수 없이는 요산요수(樂山樂水)도 없다. 치산치수는 의식주의 공급원이자 즐거운 생활의 필수조건이었다.

오늘날은 '과잉 치산치수'가 문제 되고 있다. 뛰어난 토목 장비로 우리 몸의 뼈대와 같은 산을 마구 헤집거나 핏줄과 같은 강의 흐름을 헷갈리게 한다. 자칫 치산치수가 '친환경 녹색성장(綠色成長)'이 아닌 '반환경 적색노화(赤色老化)'로 전락하기 십상이다. 산수와 친하려면 산수와 충분한 대화가 필요하다.

물과 불의 공급에 이상이 생겼을 때 이를 '재앙(災殃)'이라 한다. 꺾이어 흐르는 '내 천(巛)' 자와 활활 타오르는 '불 화(火)' 자가 합하여 '재앙 재(災)' 자를 만든다. 그 재앙은 '죽음(歹)'과 '앙앙지심(怏怏之心, 원망의 마음)'을 불러오기 때문에 여기에서 '재앙 앙(殃)' 자를 만들었다. 과거의 가장 큰 재앙은 그나마 물난리와 불난리뿐이었다. 지금은 폭발(爆發), 붕괴(崩壞), 충돌(衝突), 침몰(沈沒)에다 인류를 핵핵거리게 만드는 핵시설(核施設)과 핵무기(核武器)까지 더해졌다. 자신의 목적 달성을 위해 물불을 가리지 않는 사람이 가장 무섭다.

불은 '봄 춘(春)' 자처럼 다사롭고, '물(水)'은 낮은 곳으로 흘러가는 모습이 '천하태평(天下泰平)'이라고 할 때의 '편안할 태(泰)' 자다. 지금은 '태(泰)'와 '태(太)'를 통용해서 사용한다. 두 글자의 공통점은 사람을 뜻하는 '큰 대(大)' 자가 있고, 그 밑에서 배설물이 나오는 모양이다. 자고로 오줌발과 똥발이 건강의 척도임은 분명하다. 똥오줌을 못 가리면 몸의 하수도에 고장이 났다는 증거이기 때문이다.

민주정치는 인민(人民)에게 주권(主權)이 있는 정치를 말한다. 국가의 구성원을 인민(人民)이라고 했는데, 여기서 '사람 인(人)'은 글을 아는 사람을, '백성 민(民)'은 글을 모르는 무식쟁이를 뜻했다. 세종처럼 어진 임금도 훈민정음 어지에서 '어린 ㅂㆍㄱ서ㆁ(어리석은 백성, 愚民)'이라는 용어를 썼다. '백성 민(民)' 자의 초기 형태는 포로로 잡은 사람을 노예로 부리기 위해 '뾰족하게 생긴 형구로 한쪽 눈을 찌르는 끔찍한 모습'이었다. '잠잘 면(眠)' 자를 보더라도 민(民)은 눈이 어두운 사람이란 걸 알 수 있다.

세종이 창제한 한글을 훈인정자(訓人正字)라 하지 않고 훈민정음(訓民正音)이라 한 데에는 두 가지 의미가 있다고 본다. 하나는 글 모르는 사람을 가르치기 위한 것이기 때문에 훈인(訓人)이 아니라 '훈민(訓民)'이라 했다는 점이고, 다른 하나는 훈민정음은 문자가 아니라 발음 부호이므로 정자(正字)가 아니라 '정음(正音)'이라 했다는 사실이다. 여기에서 발음부호라 함은 소리글자를 말한다. 훈민정음 창제 당시 문자라 하면 으레 한자를 가리켰고, 한자는 양반의 전용물이었다. 서민은 문자를 알고 싶어도 신분적 제약 때문에 불가능했고 또 알아서도 안 되는 신성불가침 분야였다.

오늘날은 누구에게나 지구상의 40여 개의 문자가 모두 열려있다. 외견상으로는 신분 제약 또한 거의 없다. 다만 '신분 상승'을 위해서는 문자를 익히고 시험을 잘 봐야 한다는 사실은 만고의 진리이다. 문자로 권력을 잡을 수 있으니 '이문집권(以文執權)'이라고 나 할까. 그러니 자녀에게 습관처럼 '공부하라'고 조르는 데에는 다 그럴 만한 이유가 있다.

세상이 바뀌었다. 백성이 주인인 민주(民主) 세상이 되었다. 민주정치(民主政治)란 말은 국민이 주권을 가지고 있다는 말이다. 민주주의의 꽃은 선거(選擧)이다. 행복한 대한민국을 만들기 위한 최선의 길은 민주주의를 실천하는 일이요, 민주주의 실천의 최선의 길은 선거를 아름답게 잘 치르는 일이다. 2016년 4월 13일 수요일은 제20대 국회의원선거일이었다. 이날은 임시정부수립일이기도 하다. 3·1 운동 직후 건립된 대한민국임시정부의 법통과 역사적 의의를 기리기 위해 제정한 날이다.

민주주의 국가에서 '국민이 물이라면 국가는 배'라 할 수 있다. 물은 배를 순항하게 할 수도 있지만 뒤집을 수도 있다. 대통령, 국회의원, 지방자치단체장까지 모두 물의 무서움을 알아야 한다. 유권자는 자신의 생사여탈(生死與奪)을 맡길 만한 지도자를 뽑는다는 자세로 신중에 희망을 더하여 투표해야 한다.

민주정치의 목적은 영토와 국민을 잘 지키는 데에 있다. 이 목적을 잘 이행할 수 있는 사람을 가려 뽑아야 한다. 선거 전의 '공약(公約)'은 선거가 끝나면 대개가 '공약(空約)'으로 드러난다. '선거(選擧)'는 '선거(善擧)'이어야 한다.

'가릴 선(選)'과 '선거할 거(擧)'에는 각각 비슷한 뜻의 '함께 공(共)'과 '더불 여(與)' 자가 들어있다. '가릴 선(選)' 자는 본래 '제물로 희생할 사람을 뽑아 나라에 보낸다'는 소름끼치는 의미의 글자였다. 그런 의미에서 희생은커녕 영달을 꿈꾸며 출마한 사람은 꼭 집어 빼내야 한다. '거(擧)' 자에는 '모든, 들다, 행하다'의 의미도 있다. 국적(擧國的)으로 모두 들고 일어나 투표(投票)를 행해야 함을 의미한다.

'던질 투(投)' 자가 붙은 걸 보면 투표(投票)도 하나의 스포츠라고 본다. 투창(投槍), 투포환(投砲丸), 투원반(投圓盤)보다 던지는 도구는 가볍지만 나와 국가를 살리는 아주 소중한 스포츠이다.

책의 숲
冊
의
숲

우리는 인터넷의 발달과 스마트폰의 보급으로 정보의 홍수 속에 살고 있다. 책뿐만 아니라 빅데이터(Big Data)도 읽을 줄 알아야 하는 정보의 억압 속이라고도 할 수 있다. 어쩌면 정보의 홍수 속이지만 본인의 의지와 관계없이 정보의 자유 선택을 강요당하는 정보의 가뭄 속에 살아가고 있는지도 모를 일이다.

무차별적 디지털 공격 속에 아날로그 독서는 더욱 소중하게 다가온다. 세상이 복잡해질수록 자신을 지켜야 한다. 책의 숲 속에 아름답게 닦여져 있는 문자의 길을 산책하며 지혜의 샘물을 마시고 행복의 열매를 따 먹을 줄 알아야 한다.

'책(册)' 이야기를 하면서 시대 흐름을 '책(責)'하고자 하는 뜻은 전혀 없다. 다만 책과 관련한 글자들을 찾아 그 탄생 과정과 형태 변화 및 소리가 갖는 상징성을 살펴보기도 한다. 나아가 그 글자가 만들어진 당시의 사회문화적 배경도 유추해 보는 즐거움을 맛보고자 한다. 이를 통해 책의 의미와 가치를 새롭게 깨닫고 책과 더욱 친숙해지길 바라는 마음에서 이 글을 쓴다.

'책(册)'이란 글자는 어떻게 만들어졌을까? 책꽂이에 책이 나란히 꽂힌 모양으로 보이지만, 책(册)이라는 글자는 종이가 발명되고 대량으로 생산되기 이전에 대쪽에 글씨를 써서 끈으로 엮은 모양으로 추정하고 있다. 대쪽을 죽간(竹簡) 또는 간책(簡策/簡册)이라 하는데 하나의 죽간에는 보통 한 행의 글자만을 쓸 수 있었다. 때문에 많은 내용을 기록하기 위해서는 여러 개의 죽간을 실로 묶어 연결할 필요가 있었다. 이것이 책(册)의 탄생을 가져왔다.

그런데 죽간을 발명하기 전, 갑골(甲骨) 위에 글씨를 쓰거나 새기던 글문(契文) 시대에도 책(册) 자의 형태가 많이 남아있음은 무슨 까닭일까? 이때의 책(册)은 나무를 엮어 만든 '울짱'의 모습을 표현한 것으로 본다. 나중에 죽간의 묶음을 책(册)으로 쓰자, 울짱을 뜻하는 글자로 '울짱 책[栅]' 자를 다시 만들어 뜻을 구분하기에 이르렀다.

죽간에 글자를 잘못 쓰는 경우 작은 칼로 그 글자를 깎아내고 다시 쓰면 된다. 여기에서 책(册)에 칼[刂]을 더한 '깎을 산(删)' 자가 탄생한다. 산정(删定)이란 쓸데없는 글자나 구절을 깎고 다듬어서 글을 잘 정리한다는 뜻이다.

'전(典)' 자의 글문 형태는 두 손으로 울타리를 엮는 모양이다. 들쑥날쑥한 나무 막대기는 방어적 의미를 뜻한다. 전(典) 자가 금문(金文)을 거쳐 소전(小篆) 시대에 오면 두 손으로 책을 받드는 모양은 책상 위에 책이 가지런히 놓여 있는 모양으로 바뀌게 된다. 이리하여 전(典) 자는 사전(辭典), 법전(法典)에서와 같이 중요한 서적을 뜻하는 글자가 되었다.

이 외에도 책(册) 자가 들어간 글자들이 많다. 집안[尸]에서 작은 대쪽[竹]을 엮어[册]서 만든 완결된 책이 '책 편(篇)' 자이다. 단편(短篇), 장편(長篇), 옥편(玉篇) 등의 용례를 통하여 그 의미를 살필 수 있다.

완전한 책[篇]을 만들기 위해 글자를 쓴 죽간을 실[糸]로 엮으면 '엮을 편(編)' 자가 된다. 〈사기(史記)〉에 공자가 만년에 〈역경(易經)〉 읽기를 좋아하여 '위편삼절(韋編三絶)'하였다는 고사가 나온다. 이는 죽간(竹簡)을 엮은 가죽 끈이 세 번 끊어졌을 정도로 독서에 열중하였다는 뜻이다. 여러 가지 자료를 수집하여 책을 엮는 일을 편집(編輯)이라 하며, 편찬(編纂), 편철(編綴) 등에서도 엮는다는 뜻이 살아 있다. 책을 편집하고 수정하는 관리를 편수관(編修官), 함께 입학하지 못하고 어느 학년에 엮어 넣는 학생을 편입생(編入生)이라 한다. 종을 나무틀에다 매달고 치는 악기는 편종(編鐘)이다.

방 안이나 문 위에 걸어 놓는 액자를 편액(扁額)이라 하는데, 여기의 '액자 편(扁)' 자에는 대쪽처럼 작고 평평하다는 의미가 들어 있다. 평평한 것을 扁平(편평)하다고 하고, 작은 배를 가리키는 편주(扁舟) 또는 편주(片舟)라고 하는 것도 같은 맥락이다.

편지(便紙)를 가리키는 말에 서간(書簡)·간찰(簡札)·간독(簡牘) 등이 있는데, 공통적으로 '대쪽 간(簡)'이 들어있다. 이는 편지가 죽간에서 비롯했고, 다른 글에 비하여 길이가 간략(簡略)하다는 점을 잘 보여주고 있다. 간찰(簡札)에서 '패 찰(札)' 자의 음은 물건을 몸에 달아매고 다닌다는 뜻의 우리말 /차다/와 무관하지 않다고 본다. 간독(簡牘)에서 '편지 독(牘)' 자는 전서 목(木) 자를 둘로 나눈 '나무 조각 편(片)'의 의미가 붙어있다.

본래 대줄기는 '대줄기 간(竿)'인데, 이를 자르고 쪼갠 것도 간(簡)이다. 여기에 '사이 간(間)' 자가 들어있음은 대의 마디와 마디 사이를 잘라 죽간을 만들었음과 이 길이가 대개 한 자정도 되는데 이것이 옛 한적의 사이즈를 가늠하게 해 준다.

책을 가리키는 말로 책(册) 외에 권(卷)이 있다. 책(册)과 권(卷)의 차이는 무엇일까? '책 권(卷)' 자의 발생과정을 살펴보면 이 글자의 비밀이 아랫부분[㔾]에 있음을 알 수 있다. 책(册)이 죽간을 엮은 것이라면 권(卷)은 '비단이나 종이 등의 두루마리'를 뜻한다. 따라서 권(卷) 자가 책(册) 자보다 늦게 탄생한 글자라고 할 수 있다.

권(卷)은 본래 두루마리 한 권에 들어갈 만큼의 내용 분량, 곧 지금의 장(章) 또는 챕터(chapter)와 같은 의미였다. 책(册)은 권(卷)을 묶어서 제본해 놓은 단위로 볼륨(volume)의 의미였다. 그러나 요즘은 '책 한 권'에서처럼 권(卷)이 책을 세는 단위로 쓰이고 있다. 또 '삼국지 3권'과 같이 여러 권이 모여 한 벌을 이룬 책에서 그 순서를 나타내는 말로도 사용된다.

권(卷)에서 절(巳)을 제한 나머지 부분은 /권/이라는 발음을 나타냄과 동시에 '두 손으로 말다'의 뜻을 지니고 있다. 예컨대, 석권(席卷)은 자리를 말듯이 빠른 기세로 세력의 떨칠 때 쓰는 말이다. 권토중래(捲土重來)의 권(捲) 자는 손으로 '말다'의 뜻을, 권투(拳鬪), 태권도(跆拳道)의 권(拳) 자는 '주먹을 쥐다'의 뜻으로 쓰인다. 수도권(首都圈), 상위권(上位圈)의 권(圈) 자는 '우리나 범위'를 뜻한다. 권태(倦怠)의 권(倦)자는 데굴데굴 구르며 놀고 있으니 '게으르다'의 뜻을, 채권(債券), 증권(證券)이라 할 때의 권(券) 자는 두루마리를 칼로 잘라 증거가 되는 '문서'의 뜻을 지니고 있다.

여러 권으로 된 책의 한 벌을 세는 단위로 '책갑 질(帙)'이 있다. 글자 모양을 보면 잃어버릴[失] 것을 염려하여 헝겊[巾]으로 튼튼하게 만든 책갑을 가리킴을 금세 알 수 있다.

책(册)과 같은 음의 '꾀 책(策)'은 책(册)처럼 펼쳐 묶는 것이 아니라 작은 대를 구분 없이 한데 묶어 셈을 하거나 점을 치기 위한 산가지를 뜻하였다. 요즘은 책략(策略), 대책(對策) 등의 예에서 보듯이 '꾀, 계책' 등의 의미로 쓰이고 있다.

도서관은 책의 숲이다. 세속의 번잡한 일에서 벗어나 조용한 도서관으로 발길을 돌리자. 책의 숲 속을 거닐다 보면 문자가 내뿜는 지혜의 피톤치드 덕분에 우리의 영혼은 더욱 맑고 건강해질 것이다.

초복(初伏)이 지나고 대부분의 학교가 여름방학에 접어들 때면 본격적인 무더위와 함께 휴가철이 시작된다. 열나는 여름, 하품 나는 하절, sun이 이글거리는 summer이다. 우리나라 여름의 기후적 특성은 한마디로 '무덥다'이다. 한자어로는 '고온다습(高溫多濕)'이라 한다.

'무덥다'의 뜻을 국어사전에서는 '습도와 온도가 매우 높아 찌는 듯 견디기 어렵게 덥다'라고 풀이하고 있다. 그러니까 '무'는 '습도가 높음'을, '덥다'는 '온도가 높음'을 뜻한다. 여기에서 '무'는 '물'에서 'ㄹ'이 탈락한 것임을 알 수 있다. 그리고 '덥다'는 말은 '덮다'와 관련이 있다고 본다. 뭔가로 덮으면 더 덥게 느껴지기 때문이다.

비가 내린 뒤에 생기는 '무지개'는 '물+지게'에서 온 말로 '물이 만든 문'의 뜻이 아닐까 한다. 여기의 '지게'는 '지게 호(戶)'라고 할 때의 '지게'로서 옛날식 가옥에서 돌쩌귀를 달아 여닫는 '외짝문'을 뜻한다.

건딜만한 더위도 습기가 더해져 후덥지근해지면 불쾌지수가 치솟는다. 무더위를 피하려면 아무래도 낮은 곳보다 높은 곳이 좋다. 에어컨은 물론 선풍기도 없던 시절, 어른이나 아이 할 것 없이 여름이면 들마루 위에서 일찌감치 저녁을 먹고, 그다지 높지 않은 동네 뒷동산 잿마루 마당에 올라 밤 깊도록 놀았던 기억이 새롭다. 잿마루에는 바람기도 있으려니와 무엇보다 모기가 없어서 더없이 좋았다.

국어사전에서는 '마루'의 의미를 여러 가지로 들고 있다. '집채 안에 바닥과 사이를 띄우고 깐 널빤지', '등성이를 이루는 지붕이나 산 따위의 꼭대기', '어떤 일의 근원이나 으뜸(宗)' 등의 의미로 나누고 있는데, 대체로 '높다'는 뜻을 공통으로 지니고 있다. '마루'는 바닥보다 높으므로 '마르다(乾, dry)'와도 의미상 서로 통한다. '들마루'는 마당보다 높은 평상(平床)으로 그늘을 따라, 바람길을 따라, 때로는 연기를 피해 이리저리 '들고 다닐 수 있는 마루'이다. 이동이 가능한 마루이므로 여름에는 마당에 내놓아 평상(平牀)처럼 사용하고 겨울에는 봉당(封堂)에 올려놓곤 했다. '대청마루'는 '한옥 몸채의 방과 방 사이에 있는 큰 마루'로 봉당보다 높다. 남향의 집일 경우 여름에는 대청마루에 빛이 들지 않으나 겨울에는 빛이 들어 매우 유용하게 사용할 수 있는 공간이다.

'잿마루'는 '재(고개)의 맨 꼭대기'를 뜻한다. 높은 재를 넘으려면 반드시 시원하고 탁 트인 잿마루에서 쉬었다가 가는 것이 상례였다. 이런 곳에는 일산(日傘) 역할을 하는 소나무 한 그루가 서 있어야 제격이다. '산마루'는 산등성이의 가장 높은 곳을, '용마루'는 지붕 가운데 부분의 가장 높은 곳을 가리킨다.

척추동물에도 마루가 있다. '등마루' 또는 '등성마루'라고 하며 '등골뼈가 있는 두두룩하게 줄진 곳'을 일컫는다. 척추동물(脊椎動物), 척수(脊髓)라고 할 때 '등마루 척(脊)' 자를 쓴다. 앞서 말한 용마루는 사람으로 치면 집의 척추에 해당하기 때문에 '옥척(屋脊)'이라고도 한다.

무더운 날씨에 인간의 행동은 흐트러지기 쉽고 음식은 쉬이 상하기 쉽다. 이럴 때일수록 사람은 자신의 몸 관리와 먹을거리 단속에 각별히 유념해야 한다. 여기에서 '식(食)은 식(蝕)하기 쉬우므로 식(飾)해야 한다'는 말이 성립된다. 풀이하자면, '여름철에는 음식이 상하기 쉬우므로 깨끗이 유지해야 한다'는 말이다. '식(食)'은 '밥' 또는 '먹을거리'를 뜻하고, '식(蝕)'은 밥에 벌레(虫)가 붙어있는 모양으로 '좀먹다'의 뜻이다. '식(飾)' 자는 사람(人)이 수건(巾)으로 음식물(食) 주변을 닦는 모양으로 '청결하게 꾸미다'의 뜻이 된다.

장식(粧飾)의 '단장할 장(粧)'은 '집(庄) 단장'을, '꾸밀 식(飾)'은 '음식 단장'을 뜻한다. 한여름 장마철에 가장 중요한 일은 집 단장과 음식 단장이다. 집이 무너지고, 식중독 사고가 나는 일이 거의 이 시기에 일어나기 때문이다. 사전에는 장식(粧飾)의 의미를 '얼굴 따위를 매만져 꾸미는 일'로 풀이하면서 본뜻과 상당히 멀어졌다.

장마철에는 담장도 잘 보살펴야 한다. 대개 흙으로 두른 담장인 '담장 장(墻)' 자를 쓰는데, 이따금 나무로 두른 '담장 장(牆)' 자를 쓰기도 한다. 담장에 가장 잘 어울리는 꽃은 글자 모양이나 발음으로 보더라도 당연히 장미(薔薇)이다. 찔려도 죽지 않을 만큼 가시가지 많으니 안성맞춤이다.

날씨가 들고 외출하고자 한다면 '옷매무새'를 잘 꾸며야 한다. 이때 필요한 것은 '장식(裝飾)'이다. '꾸밀 장(裝)' 자에 '옷 의(衣)' 자가 들어있음을 보면 알 수 있다. '꾸밀 장(裝)' 자는 '선비(士)가 마루(爿)에 앉아 옷(衣) 단장을 하는 모습'인데, 요즈음 장식(裝飾)이라 하면 오직 '겉모습을 아름답게 꾸미는 일'로만 알고 있으니 이 또한 본뜻에서 조금 멀어졌다.

화장품을 바르거나 문질러 얼굴을 곱게 꾸미는 일을 '화장(化粧)'이라 한다. 화장에 '변화할 화(化)' 자를 쓰는 걸 보면 화장을 하고 나면 분명 달라지기는 하는가 보다. 화장을 영어로 '메이크업(makeup)'이라 하는 걸 보면, 화장하면 기분이 '업(up)되는' 건 사실인 듯하다. 우리와 일본은 화장(化粧)이라 쓰지만 중국에서는 '화장(化妆)'으로 쓰고 있다.

신사(紳士)가 평상 위에 앉아 있는 모습은 '씩씩할 장(壯)'인데 반해, 숙녀(淑女)가 평상 위에 앉아 있는 모습은 '꾸밀 장(妝)'이다. 화장은 여성의 몫이라는 생각 때문인 듯하다. 장(妆) 자는 장(妝)의 간체자이다. 화장의 다른 말로 단장(丹粧)과 치장(治粧)도 있다. '붉을 단(丹)' 자를 쓴 걸 보면 꽃처럼 붉은 단장을 좋아했을 법하고, '다스릴 치(治)' 자를 쓴 걸로 보아 꾸미는 행위의 중요성을 드러내고 있다.

순우리말 가운데 화장과 비슷한 뜻으로 '가꾸다, 꾸미다, 다듬다, 차리다, 매만지다' 등이 있다. 뜻이 다양하게 나타나는 것을 보면 한민족이야말로 화장을 매우 소중한 일로 여겼다는 증거가 된다. 이 중에도 '가꾸다'는 말이 마음에 쏙 든다. 눈에 보이지 않는 듯하면서도 늘 성장하고 있는 식물을 보살피며 손질하듯이, 자기 자신을 그렇게 가꾸어 나가겠다는 의지가 들어 있기 때문이다. 화장은 갑작스러운 자기 변신이 아니다.

"가장 쉽게 왕(王)이 되는 방법을 먼 데서 찾지 말고 왕(王) 자 속에서 찾는다면?" 정답은 '와토위왕(臥土爲王)'이다. 땅(土) 위에 '한 일(一)' 자로 벌렁 드러누우면, 누구든지 '왕(王)'이 된다.

왕이 된 이상, 피서(避暑)를 위해 북새통을 이루는 곳을 찾아다닐 것이 아니라, 더위를 즐긴다는 낙서(樂暑)의 마음으로 들마루에 앉아 책을 읽거나 이따금 들마루 곁의 잡초와 대화를 나눠보는 건 어떨까.

왕이라도 '매무새'는 '매만져야' '맵시'를 낼 수 있다. 지금, 여기, 자신을 가장 사랑하는 나. 어디부터 매만질까? 머리와 옷만 매만질 것이 아니라 감성과 고독도 매만져 보면 어떨까.

배움의 시대가 온다

달이 바뀌었다.

하늘에 뜬 달의 가르침 두 가지는 매일 조금씩 모양을 달리하는 삶을 누리라는 것과 밤처럼 어두운 곳이 있으면 빛을 나누라는 것이다. 검은빛의 겨울이 가고, 푸른빛의 봄이 오고 있다. 계절처럼 옷을 갈아입고 달처럼 변화하는 삶을 누리자. 그리고 매일 떠오르는 정열의 태양처럼 열정으로 하루를 시작해봄직하지 않은가.

3월은 배움을 여는 개학(開學)의 달이다. 배움이란 어떤 의미일까. 과거의 배움이 어떤 직업에 필요한 학문이나 기술을 닦고 연마하는 일이었다면, 미래에는 AI와 로봇이 거의 모든 일을 대신

한다. 미래의 배움은 배움 그 자체가 즐거움이자 일이어야 한다. 배움은 본디 인간의 본능이다. 학교는 배움의 본능을 충족시켜주는 즐거운 누리로 변해야 한다.

학교의 고유 기능은 '가르치고' '배우는' 곳이었다. 여기에서 '가르치다'는 말은, 칼의 고어인 '갈(刀)'을 비롯하여, '가위(剪)' 가르다(分)' '가루(粉)' '가리다(選擇)' '갈다(磨)' 등의 단어와 의미상 상통하는 데가 있다. 이러한 단어들은 지식 전달 과정에서 나타나는 말로, 분석하고 선택하는 등의 행위는 가르치는 일에서 꼭 필요한 활동이라 할 수 있다.

그리고 '배우다'는 말은 첫째, '스며들거나 버릇이 되어 익숙해지다'라는 뜻의 '배다(浸透)'와 어원을 같이한다고 본다. 배우면 새로운 지식이나 교양을 얻거나 새로운 기술을 익힘은 물론 남의 행동이나 태도를 본받아 따르게 되며, 나중에는 습관이나 습성이 몸에 붙어 익숙해지면 배움의 완성이라 할 수 있겠다.

둘째, '배우다'는 말 속에는 '배 속에 아이나 새끼를 가지다(胚胎)' 또는 '식물의 줄기 속에 이삭이 생기다' 등의 뜻을 가진 '배다'와도 의미상 통한다. 배우면 없던 지식이나 교양이 새로 생기고, 나중에는 지혜의 싹이 배움에서 움트기 때문이다.

한자어로 '가르침'은 '교육(敎育)'이고, '배움'은 '학습(學習)'이다. 교육에서 '가르칠 교(敎)' 자는 정신적 가르침을, '기를 육(育)' 자는 육체적 가르침을 뜻한다. '교(敎)' 자를 보면 제자가 억지로라도 공부하도록 만들기 위해 교사가 교편을 들고 있는 모습이다. 오늘날 우리의 교육 현장과는 사뭇 거리가 멀다 하겠다. 손에 교편을 들고 있는 모습은 '칠 복(攵)' 자로, 발음이 때리는 소리를 본뜬 /복/인 것만으로도 무섭게 느껴진다.

19세기까지만 해도 문자는 특수 계층만이 사용할 수 있었다. 문자를 통해서 권력도 얻을 수 있었으니 제자나 자식의 미래를 위해 매를 듦 직도 했겠다. 자신의 발전을 위해 스승께 매를 자청하기도 했다. '고칠 개(改)' 자가 바로 그것이다. '민첩할 민(敏)' 자를 보면 어미의 등에 업혀 다닐 때부터 혼나며 컸음을 알 수 있다. 〈맹자〉에 이르기를, '사람에게 살아가는 도리가 있으니, 배불리 먹고 따뜻하게 입고 편안하게 살되 가르침이 없으면 새나 짐승에 가깝다(人之有道也 飽食煖衣 逸居而無教 則近於禽獸)'라고 했다.

'기를 육(育)' 자는 본래 산모가 아기를 낳아 씻으며 기르는 모습인 '기를 육(毓)'에서 왔다. 지금의 육(育) 자는 아들 자(子)의 역형 밑에 발음을 뜻하는 '고기 육(肉)'의 생략형인 '육(月)'을 붙였다. 마치 자식에게 고기를 먹여 건강하게 기르는 모습으로 보인다. 발음상 '기를 육(育)'과 '고기 육(肉)'은 같다. 손에 먹을 것을 가지고 있는 모습인 '있을 유(有)' 자도 발음이 비슷하다. '신외무물(身外無物)'이라는 말이 있다. '몸 밖에 다른 것이 없다'는 뜻으로, 다른 어떤 것보다도 몸이 가장 귀하다는 말이다. 결국 건강이 없으면 아무것도 없다.

학습(學習)에서 '배울 학(學)'의 본뜻은 '학교 건물'이었다. 갑골문에서는 두 손으로 큰 집의 지붕을 엮는 모양인데, 금문에 와서 '아들 자(子)' 자를 넣어 어릴 때부터 배움에 힘써야 한다는 당위성을 강조하고 있다. 〈맹자〉에 의하면, 지방학교를 가리켜 하나라에서는 '교(校)', 은나라에서는 '서(序)', 주나라에서는 '상(庠)'이라 불렸다. 국립학교는 하·은·주 3대가 모두 '학(學)'이라 불렸으며, 모두 인륜(人倫)을 밝히는 곳이라 했다. 인문학 부재의 현실을 생각하면 시사하는 바가 크다. 또한 배움의 목적은 깨달음에 있다. 그리하여 '배울 학(學)'에서 '깨달을 각(覺)' 자를 만들어냈다.

'익힐 습(習)' 자를 보면 낮에 하늘을 나는 새의 두 날갯짓이 보인다. 여기에서 '되풀이하여 행하다'의 의미가 나온다. 원래 '습(習)' 자 밑에는 '날 일(日)'이 붙어있었으나 소전에 와서 '사뢸 백(白)'으로 바뀌었다. 〈논어〉 학이편에 '여조삭비(如鳥數飛)'라는 말이 나온다. '새가 자주 날갯짓하는 것과 같이 배움은 쉬지 말고 끊임없이 노력해야 함을 비유한 표현이다.

영어에서 '학습하다'를 뜻하는 말로 'study'와 'learn'이 있다. 'study'의 뜻은 '학(學)' 또는 '공부하다(활동)'에 가깝고, 'learn'의 뜻은 '습(習)' 또는 '능숙하게 익히다'에 가깝다. 어원으로 보면 'study'는 한 곳에 얼마간 '머물며(stay)' 책을 읽거나 메모하는 등의 일시적 활동을 뜻하고, 'learn'은 한 곳에 오랫동안(long) 의지하면서 (lean) 지식이나 기술을 얻음을 뜻한다.

돌이켜보면 생존을 위한 활동 요령을 체화하는 것이 교육의 출발이었다. 인간은 문자를 발명하고 나서, 이를 수단으로 하여 비교적 오랫동안 수월하게 가르치고 배워 왔다. 20세기 후반에 들어와서는 문자 대신에 이미지를, 최근에는 이미지 대신에 동영상을 교육의 주된 도구로 사용하기에 이르렀다.

가르침의 시대가 종말을 고하고, 배움의 시대가 도래하고 있다. 4차 산업혁명을 운운하지 않더라도, 교육의 패러다임이 바뀌어야 할 때이다.

해마다 행락철이 되면 정극인이 지은 〈상춘곡(賞春曲)〉이 떠오
른다. 예나 지금이나 고등학교 국어 시간에 이 가사를 배우는 것
은 그만큼 우리 민족의 행락 정서를 절묘하게 표현하고 있기 때
문이라고 본다.

'홍진에 묻힌 분네 이내 생애 엇더한고. 옛사람 풍류를 미칠까 못
미칠까… 수간모옥, 풍월주인, 도화행화, 녹양방초, 조화신공, 물
아일체, 소요음영, 한중진미, 답청욕기, 채산조수, 미음완보, 청류
도화, 송간세로, 천촌만락, 연하일휘, 청풍명월, 단표누항, 홋튼
혜음(허튼 생각)… 아모타 백년행락이 이만한들 엇지하리' 첫 구
절과 마지막 구절 및 그사이에 나오는 멋들어진 구절들을 옮겨

보았다. 백년 인생을 예견한 점이나, 자연과 더불어 행락을 즐기는 사내의 멋을 한껏 뽐내고 있다.

한식은 양력으로 대개 4월 5일 식목일 경이다. 이날 민간에서는 조상의 산소를 찾아 제사를 지내고 사초(莎草)하는 등 묘를 돌아보는 날이기도 하다. 청명절에 교외를 거닐며 자연을 즐기던 일을 답청(踏靑)이라 한다. 답청의 의미는 '밟을 답(踏)' '푸를 청(靑)'에서 볼 수 있듯 파랗게 난 봄풀을 밟고 거닐며 들을 산책하는 일을 뜻한다. 답청은 민속에서 제비가 강남 갔다가 돌아온다는 음력 삼월 초사흗날을 가리키기도 한다.

우리 속담에 '한식에 죽으나 청명에 죽으나'라는 말이 있다. 절기상 한식은 청명과 같은 날이거나 하루를 전후해서 있다. 결국 하루 먼저 죽으나 하루 뒤에 죽으나 같다는 말이 된다.

행락(行樂)이라 할 때의 '즐길 락(樂)' 자는 원래 '풍류 악(樂)'이었다. 갑골문에서는 나무(木) 끝에 두 개의 실(幺)이 매달린 것을 보면 영락없이 상고시대의 간단한 현악기를 그린 것이다. 금문에 오면 발음을 돕기 위해 '백(白)' 자를 더하였는데, 이는 타악기인 북이 나무로 만든 무대 중앙에 놓인 것처럼 보인다. 악(樂)은 '음악'이나 '악기'가 본뜻이었지만, 음악이나 악기는 사람에게 즐거움을 준다는 뜻에서 '즐거울 락(樂)'이란 형용사, 또는 '즐길 락(樂)'이란 동사로도 쓰이기 시작했다. 여기에서 요산요수(樂山樂水)처럼 '좋아할 요(樂)'로 의미의 확장이 이루어졌다.

세상을 괴롭고 귀찮은 것으로 여겨, '세상을 비관하다'라는 뜻의 염세(厭世)가 있다. 이와 반대로 '세상과 인생을 즐겁고 행복하게 생각하다'라는 뜻의 낙천(樂天)이 있다. 롯데(Lotte)를 중국어로 낙천(樂天)의 간체자인 '乐天'으로 쓰고 있다.

'놀다(遊)'라는 말 속에는 '흔들리다'의 의미가 들어있다. 놀랍게도 '나사가 놀다'에서 '놀다'도 '헐거워 이리저리 흔들리다'라는 의미가 숨어있다. 어릴 때 느티나무 위에 올라가 가지를 흔들며 시간 가는 줄 모르고 놀았던 일, 그네뛰기나 널뛰기 등도 모두 흔들림에서 오는 유희였다. 어머니 품에 안기거나 등에 업혀 잠듦도 흔들림의 유희였다. 어른이 되어서 배를 물에 띄우고 흔들리는 배에 몸을 맡기고 시를 지으며 노는 것도 흔들림의 미학이다. 바람개비 돌리기, 연날리기, 제기차기, 줄넘기 등도 모두 흔들림에서 즐거움을 얻었던 사례들이다. 춤을 추는 것도 인위적 흔들림에서 오는 즐거움이었다.

이리저리 돌아다니며 구경한다는 뜻으로 '유람(遊覽)'이란 단어가 있다. 여기의 '놀 유(遊)' 자는 원래 '놀 유(斿)'로 썼다. 유(斿)에서 '아들 자(子)'를 빼내면 '깃발'만 남는다. 깃발도 바람에 흔들리기 때문에 흥겨운 일이다. 놀 때는 항상 방향성이 중요하다. 어디에서 놀았을까. 물가에서 놀았다. 그래서 수(氵)를 붙여 '놀 유(游)'로 쓰기 시작했다. 아이들이 깃발을 들고 물길을 따라 다니며 놀았다는 증거이다. 인류가 초기에 거처하던 곳은 바닷가나 강가였다. 고인돌의 위치도 주로 물가였다.

이후 인간의 거처가 농경에 의한 정착사회에 접어들면서 점차 내륙으로까지 뻗어 나갔다. 이때 이르러 놀기 위해서는 물가를 찾아가야만 했다. 그래서 유(游) 자의 수(氵) 대신에 '가다'는 뜻의 '쉬엄쉬엄 갈 착(辵, 辶)'을 더히여 '놀 유(遊)' 자로 분화해 왔다. 지금 중국에서는 유(游) 자로 통일해서 쓰고 있다.

누구에게나 깔축없는 비서가 하나씩 있다. '시간 비서'이다. 아침에 자고 일어나면 시간 비서는 밤새 한잠도 자지 않고 내 곁을 지키고 있다가, '주인님 일어나세요. 오늘은 어디로 모실까요?'라며 하루 생활을 안내하기 시작한다. 한 치의 오차도 없이, 정확하게 나를 인도해 주는 착한 수행 비서로 이만한 비서가 있을까. 시간 비서를 줄여서 시비(時祕)라 부르면, 곁에서 시중드는 여자 종을 뜻하는 시비(侍婢)로 들릴 수도 있다. 내 삶이 다할 때쯤 시비를 위해 작은 시비(詩碑)라도 하나 세워줘야겠다.

인간은 시간과 공간의 굴레 속에 살아간다. 그래서 시간, 공간,

인간을 일러 삼간(三間)이라 이름 붙일 수 있다. 편의상 시간과 공간을 구분해서 인식하고 있지만, 실제로는 시간·공간이 서로 붙어 공존하고 있다. 따라서 '시공불이(時空不二)' 또는 '시공간(時空間)'이라 해야 맞는 말이다. 음양오행설에 바탕을 둔 풍수지리도 따지고 보면, 인간과 자연의 조화를 꿈꾸며 시공간을 재해석하는 학문이다.

흔히 시간을 다시 과거·현재·미래로 나누어 인식하고 있지만, 엄밀히 말하자면 내 앞에 놓인 바로 이 시간, 곧 '지금(只今)'밖에 없다. 그래서 '다만 지(只)' 자를 붙여놓았다. 공간은 동서남북(東西南北)·전후좌우(前後左右)·상하(上下)로 나누어 인식하고 있지만, 냉정히 말해서 내가 존재하는 '여기'밖에 없다.

문자학적으로 시간(時間)이라 할 때의 '때 시(時)' 자는 본래 '갈 지(之)' 밑에 '날 일(日)'로 쓰다가, 소전에 와서 '마디 촌(寸)'을 더하여 '태양의 운행을 헤아리다'라는 뜻이 되었다. 이로부터 '때, 시간, 계절, 세월' 등의 뜻이 나오고, '시간을 헤아리는 단위'로도 쓰이기 시작했다. 지금 중국에서는 '시(时)'로 쓰고 있다.

그리고 공간(空間)이라 할 때의 '빌 공(空)' 자는 '구멍 혈(穴)'과 '장인 공(工)'으로 이루어져 있다. 공(工) 자의 갑골문이나 초기 금문 형태를 보면 '손잡이가 있는 날카로운 도끼'의 모습이었다. 이 글자는 '장인의 용구' '공구' 등의 뜻으로 사용되다가 '장인' 또는 공교(工巧)에서처럼 '세밀하다' '정교하다'는 의미로 확장되었다. 따라서 '공간(space)'을 뜻하는 공(空) 자의 초기 의미는 '공구로 파내어 만든 구멍'에서 출발했다고 볼 수 있다.

동서남북(東西南北)과 전후좌우(前後左右)의 차이는 무엇일까. 우선 동서남북은 불변적인데 반해 전후좌우는 가변적이라는 점을 들 수 있다. 동서남북은 절대적인 방위로 방향이 바뀌지 않는다. 전후좌우는 상대적인 방위로 내가 서 있는 방향에 따라 수시로 변한다. 동서남북은 두 극점을 제외한 지구 위 어디에서나 정해져 있지만, 전후좌우는 나의 동작 방향에 따라 달라진다. 제외한 두 극점은 남극점과 북극점이다. 남극점에 서면 어느 방향을 바라보아도 북향일 것이고, 북극점에서 서면 모두 남향일 것이기 때문이다.

문자학적으로 동서남북의 '동(東)'은 두 끝을 동여맨 자루를 뜻했다. 여기에서 자루에 든 '물건(東西)'의 의미로 확장되었다. 그러나 지혜로운 인간은 동(東)자를 편의상 해(日)가 나무(木)에 걸린 모습으로 바꾸어 생각하고 '동쪽'의 의미로 가차하기에 이른다.

갑골문, 금문의 '서(西)'자는 지금과 전혀 다른 모습의 '새집' 모양이었다. 소전에 오면서 새집 위에 한 마리의 새를 곡선으로 그려 넣어 '서식(棲息)'의 의미가 추가되었다. 그런데 온갖 새가 깃들일 때는 황혼 무렵 태양이 서쪽으로 질 때이므로 '서쪽'의 의미로 가차된다. 서(西)가 서쪽의 의미로 사용되자, '새가 깃들이다' '서식하다'란 의미를 살리기 위해 '깃들일 서(栖)' 자를 새로 만들었다. 또 서(西) 대신에 '아내 처(妻)' 자를 붙여 같은 뜻의 '깃들일 서(棲)' 자를 만든 것으로 보아 남성 중심의 인식을 엿볼 수 있다.

지금의 중국에서는 물건을 '뚱시(東西)'라고 한다. 이에 대한 해학적 민간어원도 있지만, 글자 모양을 보면 동(東)은 자루에 넣어야 할 '큰 짐'이고, 서(西)는 손잡이가 있는 가방에 넣을 정도의 작은 물건을 뜻한다고 볼 수 있다.

'남(南)' 자의 고문을 보면 '종(鐘) 모양의 악기'를 매달아 놓은 모습이거나 '손잡이가 달린 요령(搖鈴)'으로 보인다. 이 악기는 남방에서 온 것이므로 '남쪽'을 뜻하게 되는데, 기실 남방은 숲이 우거져, 북방과 달리 빛보다 소리로 사람들과 교신했을 것으로 본다.

'북(北)' 자의 고문은 두 사람이 서로 등지고 서 있는 모양으로 본뜻은 '등지다'였다. 싸움에서 지면 등지고 달아나는데, 여기에서 '달아나다' '패배(敗北)' 등의 의미로 확대되었다. 이때는 /배/로 읽어야 한다. 그런가 하면 중국의 처지에서 보면 주로 북방민족과 등지고 살았기 때문에 '북쪽'의 뜻으로 가차되고, 발음도 /북/으로 바뀐다. 이리하여 본뜻을 분명히 살리기 위해 만든 글자가 '등 배(背)' 자다.

흥미로운 점은 문자학적으로 보면 '전후(前後)'라는 두 글자는 '발'에서, '좌우(左右)'라는 두 글자는 '손'에서 나왔다는 사실이다. '앞 전(前)' 자의 머리 부분은 원래 발을 뜻하는 '발 지(止)'로 '앞으로 나아가는 발'이고, '뒤 후(後)' 자의 마지막 부분은 '뒤져올 치(夊)'로 '뒤처져 돌아오는 발'의 상형이다.

'앞 전(前)' 자는 본래 '발 지(止)'와 '배 주(舟)'의 합자로 '배를 타고 앞으로 나아가다'는 뜻이었다. 배처럼 앞으로만 나아가는 칼(刂)도 있으니, 이는 '가위'이다. 여기에서 '가위 전(前)' 자가 탄생한다. 〈설문해자(說文解字)〉에는 전(前) 자를 '자를 전'으로 풀이하고 있다. 이 글자가 '공간적 의미의 앞'이란 뜻에서 '시간적 의미의 앞이라는 의미로 발전하자, '가위 전(翦)' 자를 다시 만들었다. 가위질은 그 움직임이 새나 나비의 날갯짓과 닮아서 '깃 우(羽)' 자를 받쳐놓았다. 이 글자가 너무 복잡하므로 우(羽) 대신에 도(刀)를 넣어 '가위 전(剪)' 자에는 '칼'이 두 개이다. 그리고 칼이 앞으로 나아가면 '가위 전(剪)', 대가 앞으로 나아가면 '화살 전(箭)'이다. 하늘을 나는 새(隹)도 후진이 없다는 데에서 '나아갈 진(進)' 자가 탄생한다.

'뒤 후(後)' 자는 이 글자를 이루고 있는 요소를 보면 의미를 짐작할 수 있다. '갈 행(行)'의 반쪽인 '조금씩 걸을 척(彳)', '짧은 실'에 온 '작을 요(幺)', 뒤척뒤척 걸어오는 발 모양의 '뒤처져올 치(夂)' 등이 어울려 만들어진 글자이다.

마지막으로 '좌우(左右)' 두 글자는 소전까지는 그 의미가 한눈에 들어왔지만 예서부터는 비슷해 보인다. 차이라면 '공(工)'과 '구(口)'인데, 왼손은 '공구를 들고 일하는 손', 오른손은 '밥 먹는 손'의 개념에서 출발했다.

예측 가능한 약속 시대
豫測 約束

옷은 자신의 몸을 싸서 가리거나 보호하기 위하여 입는다. 오늘
날 인류는 네트워크(network) 시대를 열면서 자기 몸을 감싸기
위한 옷 외에도, 지구촌 전체를 덮을 만한 또 하나의 정보 그물
(net) 곧, 생각의 옷을 더 걸치고 살아가고 있다.

기업이나 국가에서는 인터넷, 모바일, SNS에 드러나는 빅데이터
분석 자료에 의거하여 새로운 사업을 기획하거나 정책을 수립한
다. 그리고 그 성공 가능성도 빅데이터 분석 자료를 통해 예측해
보고 난 뒤에 투자를 결정하고, 정치에 반영한다. IT의 발달에 의
한 이러한 일련의 변화는 미래 예측가가 아니더라도 예측이 가능
한 약속 시대를 열어가고 있다.

여기서는 '예측(豫測)' 가능한 '약속(約束)' 시대를 꿈꾸며, 이 두 말에 투영된 의미를 밝혀보고자 한다.

'미리 예(豫)'의 진실을 찾으려면 '예(豫)' 자의 앞에 있는 '나 여(予)' 자의 DNA를 분석해야 한다. 이를 위해서는 생뚱맞게도 '베틀'에 관한 이해가 우선되어야 한다. 왜냐하면 '나 여(予)' 자가 베틀 부품의 하나인 '북'에서 나왔기 때문이다.

용두머리, 도투마리, 잉앗대, 바디, 북… 이러한 말들이 이제는 낯선 낱말로 들리겠지만, 오랜 세월 우리 어머니들에게는 너무나 친숙한 베틀의 부분명칭이었다. 누구나 옷을 입고 다니면서도 '길쌈'이라는 어휘가 낯설기는 마찬가지다. 삼베, 모시, 무명, 명주 따위의 피륙을 짤 때 사용하던 길쌈이란 말이, 나일론이나 폴리에스터를 지나 기능성 섬유인 스마트 섬유와 초극세사 나노섬유까지 나오고 있으니 잊힐 만도 하다. 베 짜는 일은 식량 생산 다음으로 농가의 중요한 일이었다. 베틀은 일상에서 없어서는 안 될 천을 만드는 틀이었지만 이제는 민속박물관에나 가야 볼 수 있게 되었다.

흔히 '날씨'라 하면 기상 상태만을 생각하기 쉬우나, 베의 '날'과 '씨'도 '날씨'이다. 〈번역박통사(飜譯朴通事)〉에는 '날과 씨를 경위(經緯)'라 했다. 피륙을 짜거나 짚신을 삼을 때, 세로로 놓는 실은 '날'이고, 가로로 놓는 실은 '씨'라는 말이다.

경위에 해당하는 한자어는 주의해서 써야 한다. '직물의 날과 씨' '사건의 경위'를 말할 때는 '경위(經緯)'로 쓰지만, '경위가 밝다' '경위가 분명하다'라고 할 때는 '경위(涇渭)'로 쓴다. 경위(涇渭)는 '사

43

리의 옳고 그름에 대한 분별'의 뜻으로 중국의 징수이(涇水)와 웨이수이(渭水)라는 강 이름의 첫 글자를 따서 만든 말이다. 경수는 늘 흐리고 위수는 늘 맑은데, 이 두 강물은 시안(西安) 근처에서 만나 멀리 흐르는 동안에도 맑고 흐림이 구별된다는 사실에서 비롯한 말이다.

날실과 씨실이 한 땀 한 땀 지날 때마다 서로 교차하고 엮이면서 천이 된다. 베틀로 베를 짤 때는 먼저 '날실'을 베틀에 올리고, 나중에 '씨실'을 날실 사이사이에 끼워 넣는 방식이다. 이때 '북'이라는 매우 유용한 도구로 씨실을 날실 사이에 통과시키면서 옷감을 짜 나간다. 물론 천의 가장자리 부분은 올이 풀리지 않게 짜야 하는데, 이를 우리말로는 '매듭', 한자어로는 '식서(飾緒)'라 한다. '매듭'은 통상 '실의 매듭'을 뜻하지만, '사태를 매듭짓다'에서처럼 '일의 결말'을 뜻하기도 한다. 그렇다고 매듭이 꼭 좋은 것만은 아니다. '풀리지 않는 매듭'이라 하면 '일이 막힘'을 뜻하기 때문이다. '식서(飾緒)'는 '꾸밀 식(飾)'에 '실마리 서(緒)' 자로 '실마리를 잘 꾸민다'는 뜻이 되겠다.

'북'은 베를 짜는 동안 여인의 두 손 사이를 끊임없이 오간다. 북은 베를 짤 때, 베틀에서 날실의 틈을 부지런히 신출귀몰하듯 왔다 갔다 하면서 씨실을 깔아주는 역할을 한다. 북은 유선형의 쪽배 모양으로 아름답고 날렵하게 생겼다. 바삐 쏘다니는 사람을 일러 '베틀에 북 지나가듯 한다'라고 하는데, 이는 북의 속성을 잘 보여주는 속담이다.

'나 여(予)'자는 본래 '북 여(予)' 자였다. 〈설문해자〉에서는 여(予)

자를 '손으로 어떤 물건을 다른 사람에게 내미는 모습'이라고 했
다. 여기에 약간의 상상력을 더해 보면 여(予) 자는 분명 '북의 모
양'에 '북의 작용'까지 표현한 글자이다. 두 개의 삼각형이 방향을
마주하여 교차해 있음은 북이 날실 틈새를 왔다 갔다 하는 작용
을 상징하고, 드리워진 선은 북에서 나오는 씨실 모양이다. '여
(予)' 자는 나중에 같은 발음의 '여(余)' 자와 함께 일인칭대명사로
쓰이자, 북의 본뜻을 살리기 위해 '북 저(杼)' 자를 다시 만들었다.

예측(豫測)이라 할 때의 '미리 예(豫)' 자는 '북 여(予)'에 '코끼리
상(象)'으로 이루어진 글자이다. '덩치에 비해 의심 많은 코끼리
(象)는 모든 일에 북처럼 이리저리 생각하며 신중히 행동함'에서
'미리'의 뜻이 나왔다. 같은 뜻의 '미리 예(預)' 자는 '북(予)이 오가
듯이 머리(頁)를 이리저리 굴려가며 다가올 일을 미리 생각함'의
뜻이다.

'헤아릴 측(測)' 자는 '솥 안의 물의 양을 제다'의 뜻인데, 이 글자
속의 패(貝) 자는 조개가 아니라 '원(員), 구(具), 정(貞)' 자에서처
럼 본래 '솥 정(鼎)' 자의 생략형이다.

약속(約束)이라 할 때의 '묶을 약(約)' 자의 갑골문 형태는 '밧줄에
사람의 손발이 묶여 있는 모양'인데, 여기에서 '약속하다, 속박하
다, 규약' 등의 뜻이 나왔다. '묶을 속(束)' 자는 나무를 동여맨 모양
이다. 묶였다가 벗어나 빨리 달아나는 모습이 '빠를 속(速)'이다.

약속(約束)은 구속(拘束)이다. 다만 미래를 위한 아름다운 구속
이다. 예측 가능한 약속 시대를 위하여……

국가와 나 그리고 대통령

국가와 나는 어떤 관계인가. 허물은 덮어주고 부족은 채워주는 관계인가. 아니면 약점은 들춰내고 잘못은 전가하는 관계인가. 국가는 크고 나는 작으니 대소관계인가. 국가는 강하고 나는 약하니 주종관계인가. 국가가 나를 안고 지켜주니 모자관계처럼 보이기도 하고, 때로는 국가가 나에게 많은 것을 요구하는 것을 보면 갑을관계처럼 보이기도 한다.

국가와 나의 개념에 대하여 문자를 통하여 생각해 보면, 놀랍게도 '나라 국(國)' 자와 '나 아(我)' 자 사이에 공통점이 있음을 발견할 수 있다. 바로 '창 과(戈)'이다. 국가도 나 자신도 창을 들고 잘 지켜야 할 대상이라는 점에서는 서로 닮았다.

국가의 순우리말은 '나라'이다. '나라'와 '나' 사이에도 '나'라는 공통되는 글자가 있다. 이는 나라가 없으면 내가 없고, 내가 없으면 나라도 없다는 뜻이 아니겠는가. '통합'과 '소통'으로 새로 태어난 대한민국이라는 나라도 새로 나야(生) '나라다운 나라'가 된다. 대한민국의 국민인 나도 꾸준히 거듭 나야(生) '나 다운 나가 될 수 있다.

국가와 나의 관계는 하나의 생명체와 이를 구성하고 있는 하나의 세포 관계이다. 살면 함께 살고 죽으면 같이 죽게 된다. 손가락을 다쳤다 하여 내 몸이 아프지 않은 건 아니다. 내 몸의 어느 한 부분에 암세포가 있다면 그것은 나에게 있는 것이다. 국가와 나는 동일체로서 결코 이분법적으로 해석할 수 없다. 따라서 국가와 나는 공존공생(共存共生)의 공동운명체(共同運命體)라 할 수 있다.

국가(國家)라고 할 때의 '나라 국(國)'의 원형은 '혹(或)'이었다. 무기(戈)를 들고 작은 성(口)을 지키는 모습이다. 이 글자의 처음은 '혹시라도 적이 쳐들어올지 모르니 한결같이 잘 지키자'라는 뜻에서 '나라'의 의미였으나, 나중에 '혹시'라는 부사로 바꾸어 쓰이게 되었다. 그래서 '나라'의 본뜻을 살리기 위해 작은 성 밖에 커다란 성을 하나를 더 둘러싼 모양인 지금의 '나라 국(國)' 자를 탄생시켰다.

이어서 국토의 경계를 뜻하는 '지경 역(域)' 자와, 이 지경을 돌면서 지킨다는 의미에서 '둘레 위(圍)' 자도 나타난다. 지금까지 예를 든 '혹(或)·국(國)·역(域)·위(圍)' 등의 모든 글자에 국가와 국경을 상징하는 네모가 들어있음을 볼 수 있다.

'나라 국(國)' 자를 보면 국방과 외교가 그만큼 중요하다는 사실을 간과할 수 없다. 문재인 대통령은 취임 첫날부터 "안보위기를 서둘러 해결하고, 한반도 평화를 위해 동분서주하겠습니다"라고 약속했다. "필요하면 곧바로 워싱턴으로 날아가고, 베이징과 도쿄에도 가고, 여건이 조성되면 평양에도 가겠습니다"라고 한 것은 그야말로 동서남북의 안보를 부지런히 지키겠다는 의미로 풀이할 수 있다. "한반도 평화정착을 위해서라면 제가 할 수 있는 모든 일을 다 하겠습니다"라고 한 것은 국가와 개인을 한 몸으로 보았기 때문일 것이다.

여기에서 눈여겨볼 글자가 하나 있다. '무엇에게 홀려 정신을 차리지 못하고 헤매다'라는 뜻의 '미혹(迷惑)하다'는 단어이다. '혹시나 하며 기대를 거는 마음'이 바로 '미혹될 혹(惑)' 자이다. 글자 모양을 보면 '혹시나(或) 하는 마음(心)'이 깔려있는데, 이것은 매우 위험하다. 소통(疏通)이 없기 때문이다.

세상을 어지럽히고 백성을 속이는 것을 '혹세무민(惑世誣民)'이라 한다. 남의 눈과 마음을 '현혹(眩惑)'시키는 말이나, 근거 없는 '매혹적(魅惑的)' 태도에는 함정이 있으니 조심할 일이다. '의혹(疑惑)'에 빠지면 혹독한 대가를 치를지도 모를 일이다. 돌다리도 두들겨 보고 건너라고 했다. '혹'이란 발음이 들어간 단어는 일단 신중하게 접근해야 한다.

국가는 나를 감싸고 있는 큰 집이다. 그래서 국가(國家)라고 할 때 '집 가(家)' 자를 붙인다. 국가가 몸이라면 국민은 세포에 해당한다. 그래서 같은 겨레붙이를 말할 때 '세포 포(胞)' 자를 써서 '동포(同胞)'라 한다. 외국에 살더라도 혈통이 같으면 '교포(僑胞)'라 칭한다.

'집 가(家)' 자는 집안에 돼지가 있는 모습이다. 이 글자를 두고 파충류인 뱀이 무서워 뱀과 상극인 돼지를 집 아래층에 길렀다는 설, 집안의 대소변이나 음식물 찌꺼기를 돼지에게 먹였다는 설, 집안 조상의 제사를 지내기 위해 돼지를 제물로 바쳤다는 설 등 이견이 많다. 하지만 다양한 동물을 길들여 집안에서 가축으로 기르기 시작했음은 분명하다. 그중 가장 먼저 길들인 동물이 돼지라고 생각한다. 돼지를 집 안에서 기르는 일은 위험으로부터 안전을 위해, 유용하고 편리한 먹거리로서, 나아가 가정 제사용 제물로 쓰는 등의 일석삼조의 효과가 있었다.

이상의 내용을 바탕으로 국가(國家)의 의미를 현대적으로 해석한다면 '나라 국(國)' 자는 국방과 외교를, '집 가(家)'는 생활과 경제를 상징하는 것으로 볼 수 있다.

한 국가의 인구가 줄어들면 생산과 소비도 감소하게 되어 국가 경제는 저성장 국면에 접어들 수밖에 없다. 지금 대한민국은 저출산·고령화에 따른 인구절벽의 위기를 맞이하고 있다. 정부는 늦은 결혼과 늦은 출산을 그 원인으로 지목하고 다양한 정책을 펼치고 있지만, 대부분 기대에 미치지 못하고 있다.

늦은 결혼의 원인으로는 늘어나는 청년 실업에 따른 보금자리 마련의 어려움과 과다한 양육비 부담 등의 경제적 이유를 들고 있다. 여기에다 막상 결혼하려 들면 한국 특유의 체면치레로 화려하고 성대한 결혼식을 보여줘야 하는 부담이 있다. 그 비용 또한 경제적 압박으로 다가와 이른 결혼을 가로막고 있다.

결혼이란 남녀가 사랑과 신뢰를 바탕으로 정식으로 부부 관계를 맺고, 생활 전체를 공동으로 영위하는 인륜적 관계이다. 개인주의가 강한 서양에서의 결혼식은 절대적으로 당사자 2인을 중심으로 이루어지는 사랑의 웨딩파티다. 반면 집단주의와 인사치레가 강한 한국에서의 결혼식은 결혼 당사자보다 혼주의 사회적 위상과 관계 지도를 보여주는 허례 의식으로 비치는 경향이 있다. 어렵사리 성사시킨 결혼식이 진정한 사랑과 신뢰를 바탕으로 한 축하의 자리라기보다 체면과 의무에 따른 축의금을 주고받는 자리로 전락하고 말았다.

다행스럽게도 우리 사회에 '작은 결혼식(스몰웨딩)' 붐이 일어나고 있다. 진취적인 젊은이들에 의해 작은 결혼식이란 새로운 이름으로 우리의 결혼 풍속이 조금씩 바뀌고 있다. 최근 연예인들을 중심으로, 화려한 결혼식 대신에 소박하고 조용한 결혼식을 잇달아 올리고 있다. 결혼을 앞둔 예비 신랑·신부들 사이에서도 당사자들이 기획하고 스토리를 만들어가는 개성적이고 낭만적인 결혼식을 꿈꾸는 사람이 늘어나는 추세다.

작은 결혼식이란 불필요한 규모와 허례허식을 줄이고 절차를 간소화한 결혼식을 뜻한다. 경제적 부담을 줄이고 고비용의 혼례문화를 개선하기 위해 각 지자체에서 산하 공공시설을 '작은 결혼식장'으로 개방 운영하고 있다.

소박한 작은 결혼식에서 소박(素朴)하다고 할 때의 '흴 소(素)' 자는 누에고치에서 뽑아 올린 물들이지 않은 명주실을 뜻한다. 여기에서 '흰색, 바탕, 소박' 등의 의미가 파생되었다. '순박할 박 (朴)' 자는 본래 '통나무 박(樸)'으로 썼다. 가공하지 않은 목재 를 가리켰는데, 여기에서 '순박하다'의 뜻이 나온다. 박(朴) 자는 '후박나무'의 뜻도 있다. 여기의 복(卜) 자는 후박나무의 껍질이 터진 모양을 나타낸 것으로 보인다.

지금은 한·중·일 모두 주로 결혼(結婚)이란 말을 사용하고 있지 만, 일제 강점기 이전에는 '혼인(婚姻), 가취(嫁娶), 혼가(婚嫁), 혼 례(婚禮), 성혼(成婚), 혼취(婚娶), 가약(佳約)' 등의 다양한 용어 를 더 자주 사용했다. 음은 다르지만 뜻이 같은 단어가 여러 개라 는 사실은 결혼을 그만큼 소중하게 여겼다는 증거가 된다.

또 있다. '장가들다'는 고어에서 '댱가들다, 쟝가들다' 등의 형태로 나타난다. 같은 뜻으로 '겨집하다, 혼인(婚姻)하다, 가취(嫁娶)하 다, 혼가(婚嫁)하다, 성혼(成婚)하다, 혼취(婚娶)하다' 등의 용례 도 보인다.

남자가 결혼하면 '장가가다', 여자가 결혼하면 '시집가다'라고 한 다. '장가가다'는 '장인의 집에 가다'라는 뜻으로 데릴사위제에서 생겨난 말로 보이고, '시집가다'는 혼례 이후 처가에 온 신랑은 처 가를 위해 일하고 신부는 아이를 낳아 어느 정도 기른 후에 '시댁 (媤宅)에 가다'라는 뜻이다. '시집 시(媤)' 자를 보면 여성이 생각 해야 할 곳은 친정이 아니라 시집임을 강조하고 있다.

'시집갈 가(嫁)'는 '여자가 시집에 가서 집을 이루다', '장가들 취 (娶)'는 '여성을 취하다', 곧 강제로 여성을 빼앗아 가는 탈취혼(奪 取婚)의 모습을 보여주고 있다.

축의금 봉투에 흔히 '화혼(華婚)'이라 적는데, 여기에 '꽃 화(華)' 자를 쓰는 이유는 지금까지 지켜온 아름다운 꽃 청춘을 사랑하지만, 이를 아낌없이 버릴 때 귀한 가정과 2세 열매를 맺을 수 있다는 상징이 들어 있다. 일반적인 풀꽃을 지칭하는 '꽃 화(花)'와는 구분된다.

중국에서는 이성지합(二姓之合) 백년가약(百年佳約)하여 부부가 화합하고 기쁨을 누리기를 바라는 뜻에서 '쌍희 희(囍)' 자를 많이 쓴다. 일본에서는 신랑·신부를 '붙이다, 묶는다'는 뜻에서 반창고(絆瘡膏)라 할 때의 '얽어맬 반(絆)' 자를 흔히 쓴다.

결혼(結婚)에서 '맺을 결(結)' 자는 이왕 맺을 일이라면 '길(吉)하게 맺으라'는 뜻이다. '혼인할 혼(婚)' 자에 '저물 혼(昏)' 자가 들어 있음은 어둑어둑해질 때 혼례를 올렸다는 것과 이때 점촉 의식이 필요했음을 시사하고 있다.

여름에는 열이 나야 온갖 열매와 알곡이 무르익는다. 열이 나지 않으면 여름이 아니다. 여름에는 열이 나더라도 참아야 한다. 열 나면 창문을 열면 된다. 여기에서 '여름', '열나다', '열매', '(열매가) 열다', '(문을) 열다' 등의 단어는 의미상 서로 통한다는 사실을 느낄 수 있다.

음력으로 사·오·유월 석 달은 여름이다. 사월은 초여름으로 맹하(孟夏), 오월은 한여름으로 중하(仲夏), 유월은 늦여름으로 계하(季夏)라 한다. 흔히 '오뉴월 삼복더위'라 말하는데, 이는 연중 가장 더운 철에 해당하기 때문이다.

음력법으로 윤달은 3년 또는 2년마다 든다. 2012년에는 윤삼월,

2014년에는 윤구월, 2017년 금년에는 윤오월, 2020년에는 윤사월, 2023년에는 윤이월이 각각 들어있다.

초승달이 된 때부터 다음 초승달이 될 때까지, 또는 보름달이 된 때부터 다음 보름달이 될 때까지 약 29.5일 걸리는데 이를 삭망월(朔望月)이라 한다. 해가 지구를 한 바퀴 도는데 약 365.24일 걸리는데 이를 태양년(太陽年)이라 한다.

음력 12달을 계산해 보면 양력 1년보다 약 11일이 짧다. 그래서 19태양년 동안 13개월에 윤년을 일곱 번 두는 '19년 7윤법(十九年七閏法)'을 사용하고 있다. 만약 윤달을 끼워 넣지 않으면 인류는 오뉴월에 눈보라가 몰아치고 동지섣달에 에어컨을 켜야 하는 큰 혼란과 고통을 받게 될 것이다.

이러한 혼란을 방지하기 위하여 선조들은 음력 달력과 24절기 달력 두 가지를 사용해 왔다. 음력의 부족함을 보충하기 위해 사용한 24절기력에 따르면 한 해의 시작인 세수(歲首)는 설날이 아니라 '입춘(立春)'이었다.

'윤달 윤(閏)'은 '문 문(門)' 안에 '임금 왕(王)'이 있는 모습이다. 옛날 제왕은 윤달이 든 해 정월 초하루에는 밖에 나가지 않고 침문 안에서 새 책력을 나눠주던 의식에서 생긴 글자이다. 어쨌든 예부터 윤달을 덤이나 보너스로 생각했기 때문에, 윤달을 가리켜 '공달', '썩은 달'이라 부르기도 했다. 미신이지만 윤달에는 천지의 모든 신이 인간에 대해 감시를 하지 않는 것으로 여겼다. 그리하여 윤달에는 무덤을 옮겨도 무탈하고, 만약 부모님의 수의를 만들어 두면 장수한다고 믿었다.

'윤달 윤(閏)' 자에 '덤'의 의미가 있으므로 윤택(潤澤)이라 할 때의 '젖을 윤(潤)'도 '물이 넘쳐 대지를 적시다'의 뜻이 된다. 물이 기운차게 흐르거나 말을 거침없이 잘할 때 '도도(滔滔)하다'고 하는데, 여기의 '넘칠 도(滔)' 자는 손(爪)으로 절구(臼) 안의 물을 끊임없이 퍼내는 모양이다.

음력과 관련한 단어로 회삭(晦朔), 삭망(朔望)이란 말이 있다. 회삭(晦朔)이라면 그믐과 초하루를, 삭망(朔望)이라면 초하루와 보름을 뜻한다.

'초하루 삭(朔)' 자를 이해하기 위해서는 이 글자 왼쪽 부분이 '(화살이) 거꾸로 떨어지다'라는 뜻을 가진 '거스를 역(逆)' 자의 생략형이라는 사실을 알아야 한다. '화살 시(矢)' 자를 뒤집어놓은 모양이다. 따라서 삭(朔) 자는 달이 뜨자마자 화살처럼 거꾸로 떨어지는 모양이니 '초하루'라는 의미가 되는 것이다. '보름 망(望)' 자는 '사람이 높은 곳에 올라(壬)' 달을 바라보며 소망을 빌고 있는 모양이니, 그 달은 '보름달'이라 한다. '그믐 회(晦)' 자에는 달이 보이지 않는다. 해(日)만 늘(每) 있을 뿐이니, 그믐이 맞다.

전통적으로 하루의 열두 시와 일 년의 열두 달을 상징하는 십이지(十二支)가 있다. 십이지로 달을 계산하면 음력 사월(四月)은 사월(巳月)이고, 오월(五月)은 오월(午月)이다. 발음이 같으면 의미도 통한다고 보는 것이 문자 세상이다.

우리 선조는 홀수(양, 남자, 하늘)를 짝수(음, 여자, 땅)보다 더 좋아했다. 홀수는 '1, 3, 5, 7, 9'의 다섯 개가 있는데 홀수 두 개가 겹치는 날은 모두 명절로 삼고 다양한 행사를 즐겼다. 특히 일 년

중 양기가 가장 왕성할 때인 음력 오월 초닷새는 '오(五)'가 겹치므로 '중오절(重五節)'이라 칭하고 이날을 숭상해 왔다. 또 오(五)는 홀수의 중간, 곧 하늘의 중간이므로 단오를 달리 '천중가절(天中佳節)' 또는 '천중절(天中節)'이라 부르며 다양한 세시풍속을 즐겼다. 대표적 풍속으로는 남자는 씨름으로 여자는 그네뛰기로 주체할 수 없는 기(氣)를 푸는 일이었다.

단오(端午)라는 말 자체의 진정한 의미는 무엇일까. 일차적으로 단오의 단(端)은 '첫 번째'를 의미하고 오(午)는 '오(五)'와 통하므로, 단오는 '첫 번째 오일', 곧 '초닷새'를 뜻한다. 그리고 단오(端午)의 단(端) 자는 식물이 생명력을 갖고 싹이 트고, 뿌리를 내리기 시작하는 모양인 '시초 단(耑)'에서 왔다. 따라서 단(耑)에는 '시초'는 물론 '끝'의 의미도 들어있다. 단(端) 자는 단(耑)에 '설 립(立)' 자가 붙어 있다. 따라서 발끝에서 머리끝까지 몸을 꼿꼿하게 세운 사람의 모습에서 '단정(端正)하다'는 의미가 생성되고, 나아가 '바르다, 공정하다' 등의 뜻도 추가된다. 예컨대 첨단(尖端)이란 단어도 '뾰족한 끝'의 의미에서 출발하여, '학문이나 유행의 맨 앞'의 뜻으로 확장된다.

단오(端午)라 하면 신윤복의 풍속화 〈단오풍정〉을 간과할 수 없다. '오(午)' 자가 본래 '절구(杵)'의 모양에서 왔다는 사실을 알면, 미역 감는 반라의 여인을 훔쳐보는 까까머리 중이 아니더라도 얼굴이 불콰해진다. 실제로 오월(午月) 오시(午時)의 여름 햇살은 여지없이 절구처럼 대지에 내리꽂힌다.

삼족오(三足烏)는 태양을 가리킨다. 왜냐하면 태양 속에 '세 발

가진 까마귀'가 산다고 믿었기 때문이다. 오(五)는 양의 중심 수이고, 오(午)는 한여름이나 한낮의 햇살을 상징하므로 '오(烏)' '오(五)' '오(午)'는 발음도 같지만 의미도 서로 통한다.

여름을 뜻하는 '하(夏)' 자에 대한 해석은 다양하다. 지금의 모양대로 보면 '머리 혈(頁)'의 생략형과 '뒤쳐 올 치(夊)'로 구성되어 있어서 '날씨가 더워 모자도 벗고 맨발을 내놓은 모습'으로 보인다. 그러나 금문에서는 두 팔과 두 다리를 부각한 큰 사람의 형상으로 나타난다. 이는 기우제를 지내고 나서 덩실덩실 춤추는 대제사장의 모습으로 추정하고 있다. 중국인들은 이 제사장의 모습을 한족(漢族)의 선조라 믿고, 자신들은 화하(華夏) 민족의 후예로 보고 있다. 여기에서 하(夏) 자가 '크다, 성대하다'의 뜻을 지니게 되고, 나아가 기우제가 주로 여름에 행해졌기 때문에 '여름'의 뜻으로 확장되었다.

우리 고어에서 '하다'는 '많다, 크다'의 뜻으로 사용되었다. 이를 보면 적어도 우리말과 한자는 뿌리가 같다는 생각을 감출 수 없다. 큰 집도 '하(廈)', 큰 강도 '하(河)'라 부르며, 꽃 중에서 큰 꽃인 연꽃도 '하(荷)'라 일컫는다.

온 천지가 녹색(綠色)으로 뒤덮여 있지만 여름을 관장하는 신은 적제(赤帝)이다. 온 세상이 백색(白色)의 눈으로 뒤덮여 있지만, 겨울을 관장하는 신은 흑제(黑帝)이다. 푸른색은 붉은색이 다스리고, 흰색은 검은색이 다스린다는 사실이 오묘하다.

가뭄으로 온 나라가 열병을 앓고 있다. 열병에는 시원한 비와 바람이 제격이다. 바람은 작은 바람(소망)과 노력으로 만들 수 있지만 큰 비는 빌어야(기도해야) 한다. 비 우(雨)' 자 소지(燒紙)라도 올리고 두 손 비비며 단비 내리기를 빌어 볼까. 가뭄으로 애타는 농민의 땀을 씻어주려면 선선한 바람 이는 단오선(端午扇)이라도 선물해야겠다.

五方色 오방색의 때깔 고운 나라

하지의 태양이 뜨겁다. 오행에서 여름과 남방(南方)의 상징 색깔은 '붉은색(赤)'이다. 겨울의 상징 색깔인 '검은색(黑)'을 막기 위해 흰 눈이 내리듯, 여름의 붉은 열기를 막으려고 대지는 온통 푸른 빛으로 버텨 보지만 때 이른 불볕더위에다 오랜 가뭄으로 그 빛을 잃어가고 있다. 이른바 '열적 고기압'이 비를 몰고 올 '태평양 고기압'을 막고 있기 때문이란다. 기상청의 날씨정보가 SNS를 통해 온통 붉은 색깔로 나타나고, 코앞에는 윤오월이 기다리고 있으니 올여름은 더욱 무덥게 느껴진다.

우리말 중에 '때깔'이라는 아름다운 말이 있다. 과일이나 옷감이 눈에 들어와 산뜻하게 비치는 '맵시'와 '빛깔'을 이르는 말이다. 때

깔에는 아름다운 모양새와 고운 빛깔이 있다. 멋과 빛이 동시에 잘 어우러진 말이다.

'맵시'와 '매무새'는 서로 통하는 말이다. '매무새'는 '매무시한 모양새'를 말하는데, 여기서 '매무시'는 옷을 입을 때 '매고' 여미고 하여 '매만지는' 일을 뜻한다. 외출 시에는 하던 일은 잘 '매듭짓고' 차분히 '매' 꾸며야 '매끈한' 몸매가 돋보일 것이다. '눈매·몸매'의 '-매'라는 접미사도 맵시나 모양을 뜻한다.

'빛깔'과 '빛', '색깔'과 '색', 이 밖에도 '색상, 색채, 물' 등과 같이 비슷한 말이 많다는 것은 '빛'이 그만큼 우리 생활과 밀접한 관련이 있다는 증거이다. '빛'이 없으면 '색'은 물론 생명도 있을 수 없다. 빛은 태양에서 발하는 것이었지만, '하늘빛, 능금빛'에서처럼 '물체가 광선을 흡수 또는 반사하여 나타내는 빛깔'을 의미하기도 한다. 나아가 '얼굴빛'에서처럼 '기색'을, '쓸쓸한 빛'에서처럼 '분위기'를, '희망의 빛'에서처럼 '바람'의 의미로 쓰이기도 한다.

그럼 '색(色)'이란 무슨 뜻일까. 이 글자는 사람이 사람을 올라타고 있는 모양으로 원래는 '성행위 때 나타나는 홍분된 얼굴빛'을 뜻하며 '낯빛'이 본뜻이었다. 나중에 '여성의 미모', '빛깔(color)'은 물론, 각양각색(各樣各色)에서 보듯이 '종류'의 뜻으로 사용되기도 했다. 특히 '색에 빠지다'라고 할 때의 색은 '여색'의 의미이다. '색이 동하다'라고 할 때의 색은 '성적 교접', 즉 '색사(色事)'를 뜻하는데, 이는 영어 'sex'와 발음도 비슷하다. '색(色)'이란 말에 대한 최고 접대는 〈반야심경(般若心經)〉에 나오는 '색즉시공(色卽是空)'이다. 여기에서의 색이란 철학적 수준의 용어로 '유형(有形)

의 만물'을 말하며, 이 만물은 모두 '일시적인 모습일 뿐이고 그 실체는 없다'는 말씀이다.

글자도 유전자 변이처럼 전혀 다른 방향으로 의미 전환이 이루어질 수 있다. 색(色) 자의 윗부분을 '칼 도(刀)'의 변형으로 보고 '빛색(色)'을 '끊을 절(絶)'의 본자로 보기도 한다. 실을 끊으면 '끊을 단(斷)', 일체 모든 것을 끊으면 '끊을 절(切, 截, 絶)'이다. 아무리 더워도 정신 줄을 놓으면 기절(氣絶)하게 되니 조심할 일이다.

우리 선조는 전통적으로 삼원색(三原色)보다 오방색(五方色)을 민족 정서의 기준으로 삼았다. 오방색이란 동(東)·서(西)·남(南)·북(北)·중(中)을 상징하는 다섯 가지 색으로 각각 '푸르다, 희다, 붉다, 검다, 누르다'와 같이 불렀다.

이러한 우리말 색채어는 어디에서 비롯했을까. 대개 '풀'에서 '푸르다', '해'에서 '희다', '불'에서 '붉다'가 온 것은 동의하고 있지만, '검다'와 '누르다'에 대한 어원은 이론에 있다.

첫째, '푸르다'는 말은 원래 '풀빛'에서 출발하여 '파랗다'의 의미까지 아우르고 있다. 우리는 푸른 하늘, 푸른 바다, 푸른 들판 속에서 푸른 가슴을 안고 살아가고 있다. 고려청자에서 청바지까지 우리 민족의 푸른색 사랑은 이어지고 있다.

둘째, 밝게 빛나는 해를 백일(白日)이라 하고, 대낮을 백주(白晝)라 한다. 백일몽(白日夢), 백일승천(白日昇天) 등의 예도 해를 '흰 빛'으로 보고 있으니 '희다'는 '해'에서 온 것이 분명해 보인다. 또 우리 선조는 해를 숭배하여 백두산(白頭山), 소백산(小白山)과 같은 성산 이름에 '흰 백(白)' 자를 쓰고, 백자(白磁)를 사랑한 우리 선조는 자신을 스스로 '백의민족(白衣民族)'이라 일렀다.

셋째, '붉다'는 말에서는 자연스럽게 '불'이 연상된다. 불은 인류 문명의 발전에 촉진제 역할을 해왔다. '동지 팥죽, 고사 시루떡'의 '붉은빛'은 벽사(辟邪)의 의미를, '붉은 악마'의 '붉은색'은 열정과 결속의 의미를 담고 있다.

넷째, '검다'의 어원을 '검댕'으로 보기도 한다. '검댕' 또는 '검댕이'라 하면 그을음이 엉기거나 맺혀서 생기는 검은빛의 물질을 가리킨다. '그을음, 그림자'를 비롯하여 그림자의 옛말인 '그리메', '그믐'이나 땅거미의 '거미', '가막까치'의 '가막' 등도 동원어로 볼 수 있다. 전혀 다른 시각으로 '검다'가 단군신화에도 나오는 검은 동물, '곰'에서 온 것으로 보기도 한다.

다섯째, '누르다'의 어원으로는 땅을 가리키는 말 '눌'에서, 세상을 가리키는 '누리'에서, 누른빛의 동물 '노루'에서 왔다는 설 등이 맞서고 있다. '누런빛이 나도록 조금 타다'는 뜻의 '눋다'와 여기에서 온 '누룽지'도 어원을 같이하고 있다고 본다. 천자문에서는 '천지현황(天地玄黃)'이라 하여 '땅은 누르다'고 했다. 놋쇠의 '놋'도 무관하지 않다. '눌눌하다, 놀놀하다'는 말은 털이나 싹 따위가 '누르스름하다'는 뜻이니, 두고두고 생각의 근육을 길러 봐야겠다.

한자로 오방색(五方色)은 청(靑)·백(白)·적(赤)·흑(黑)·황(黃)이다. 이러한 글자들은 어디에서 비롯했을까.

'푸를 청(靑)'은 본래 '날 생(生)' 밑에 '붉을 단(丹)'이었다. 단(丹)은 광정(鑛井) 곧, '광산 구덩이(井)에서 캐낸 붉은 빛의 불로장생 약(丶)'인 주사(朱砂)를 가리키지만, 여기서는 '울타리(井)안의 붉은

빛의 씨앗(丶)'으로 보고자 한다. 붉은 빛 씨앗이지만 돋아나는 싹은 푸르다.

'흰 백(白)'은 '흰 빛을 발하며 떠오르는 태양', '껍질을 벗긴 흰 쌀', '입을 벌리고 고백(告白)을 하는 모양' 등의 다양한 해석이 있다. 고백하고 나면 마음이 명백(明白)하게 희고 깨끗해지니 그럴 듯하다. 또 다른 재미있는 해석으로는 '상대방에게 잘 했다는 의미로 엄지척하는 손가락의 모양'으로 보기도 한다. 놀랍게도 엄지척하면 손톱 뿌리에 '흰빛'이 보인다. 또 엄지척은 '첫째, 맏이'의 의미이므로 여기에서 '맏 백(伯)'자가 탄생한다. '백씨(伯氏)'에서는 '맏이'를, '화백(畫伯)'에서는 '일가를 이룬 사람'을 뜻한다.

'붉을 적(赤)' 자의 갑골문 모양을 보면 끔찍하다. 사람을 가리키는 '큰 대(大)' 밑에 '불 화(火)'를 써 놓은 것을 보면 사람을 불에 태우는 모양이 분명하다. 그래서 적(赤) 자는 본래 태워서 인신공양하는 일종의 기우제 명칭으로 보는 이도 있다. 그러나 여기서는 '사람이 열을 받아 불빛처럼 붉어지다'에서 '붉다'의 의미가 온 것으로 보고자 한다. '불 → 붉다 → 벌거벗다 → 진심이다 → 아무 것도 없다'의 의미로 발전한다. 맨손을 뜻하는 적수(赤手), 몹시 가난하다는 의미의 적빈(赤貧), 지출이 수입보다 많은 적자(赤字), 아무것도 걸치지 않은 벌거숭이를 뜻하는 적나라(赤裸裸) 등이 있다.

'검을 흑(黑)'의 금문 자형을 보면 사람의 얼굴에만 점이 찍혀 있는 것도 있고, 몸에도 점이 찍혀있는 자형이 있다. 크게 두 가지로 보는데, 하나는 불을 지피다가 연기에 그을린 사람의 형상으로, 또 하나는 '묵형(墨刑)을 당한 죄수 또는 문신을 한 부족'의 모습으로 보고 있다. 지금의 자형으로만 보면 바닥에서 불을 지피니 그을음이 창문을 통해 나가는 모양이다. 적자(赤字)에 비하여 흑자(黑字)는 좋은 개념이지만, 선심(善心)을 쓰는 게 아니라 흑심(黑心)을 품으면 나쁜 의미로 다가온다.

'누를 황(黃)'도 본래는 '적(赤)', '흑(黑)' 자와 마찬가지로 사람을 가리키는 '대(大)'가 있고, 이 사람이 가슴에 누른빛의 패옥(佩玉)을 차고 있는 모양이었다. 이 글자가 '누르다'는 의미로 쓰이자, 새로 만든 글자가 '서옥 황(璜)'이다.

누군가 '백시(白豕)'로 시작하는 상량문의 뜻을 물어본 적이 있다. 그중 '백시'에 대한 대답은 다음과 같다. "갑·을은 동방 청(靑), 병·정은 남방 적(赤), 무·기는 중앙 황(黃), 경·신은 서방 백(白), 임·계는 북방 흑(黑)입니다. 그리고 돼지(豕)는 '해(亥)'에 해당하므로, 백시(白豕)는 '신해년(辛亥年)'이군요."

여유와 포용
餘裕 包容

우리는 농작물을 기르면서 익혔던 기다림과 여유의 풍류를 잊어버렸다. 이웃과의 공동 작업을 통하여 체득했던 베풂과 포용의 미덕을 잃어버렸다. 대신 돈만을 숭배하며 너 나 할 것 없이 순위 경쟁에 뛰어들었다.

국가는 성장이란 이름 아래 부국강병을 앞세우며 무한경쟁의 빨리빨리 문화를 탐닉하고 있다. 외국인들은 빨리빨리 문화를 한국만의 문화라고 꼬집었지만, 그것은 우리 국민의 행동 양식만을 보고 하는 말이다. 〈여유의 힘〉, 〈혹시 내가 우울증일지도〉 등의 저자 가모시타 이치로도 현대 사회를 '서둘러!', '빨리!', '당장!'이라는 세 단어로 집약했다. 한 것을 보면 빨리빨리 문화는 현대인의 보편적인 정서라 할 수 있겠다.

지하철역 입구 전광판에 곧 도착할 전동차 표시를 보자마자 급히 뛰어 내려가기 시작한다. 저만치 다가오는 버스를 보는 순간, 차도를 무시하고 달린다. 운전대만 잡으면 조금만 막히거나 누군가 느닷없이 끼어들어도 '욱' 하고 성질부터 낸다. 신호 대기 중 조금만 늦게 출발해도 경적을 울린다. 영화나 연주가 끝나기도 전에 다른 관객은 아랑곳하지 않고 슬금슬금 빠져나간다. 엘리베이터를 타는 즉시 '닫힘' 버튼을 누른다. 에스컬레이터에서 틈만 있으면 비집고 걸어나간다. 컴퓨터 앞에서 빨리 열리지 않는 웹사이트를 보면 로딩 순간에 닫아버린다. 이러한 일련의 조급한 행위로부터 완전히 자유로울 수 있는 사람은 거의 없을 것이다.

이를 위해 '여유(餘裕)'와 '포용(包容)'이란 두 단어를 제시해 본다. 곧, 나를 위해서는 '여유(餘裕)'를, 이웃을 위해서는 '포용(包容)'을 실천하자는 것이다.

'여유(餘裕)'란 무엇일까. 한때는 여유를 사치라고 생각했었다. 그러나 SNS 시대를 맞이하면서 여유는 선택 아닌 필수가 되었다. 여유란 개념은 생각보다 간단하다. '남을 여(餘)' 자는 '밥 식(食)'과 '나 여(余)'를 합한 글자로 '내가 먹고 남은 것'이란 뜻이고, '넉넉할 유(裕)' 자는 '옷 의(衤)'와 '골 곡(谷)'을 합한 글자로 '내가 입고 남은 옷'이란 뜻이다.

'남을 여(餘)' 자는 본래 여(余)로 썼으며, '나무(木)를 깔고 지은 객사'를 뜻했다. 그러니까 길손이 하룻밤 묵고 갈 수 있는 '집'의 의미였다. 나중에 '밥 식(食)'을 더하여 '남을 여(餘)' 자가 탄생하는데, 객사에 손님을 위해 먹거리를 '남겨두다'로 뜻이 변하였다.
여기에서 '남다, 여유, 풍족' 등의 뜻으로 발전하였다. 지금 중국
에서는 '남을 여(餘)' 자를 다시 '나 여(余)'로 쓰고 있다.

'넉넉할 유(裕)' 자 속의 '골 곡(谷)'자에는 '넓다, 많다' 등의 의미가
들어있다. 그래서 '유(裕)' 자의 본뜻은 '내가 입고 남은 옷'이다.
넓고 많은 것을 좋아하는 중국에서는 지금 '곡식 곡(穀)' 자를 '곡
(谷)'으로 쓰고 있다. '넓을 활(豁)' 자에도 '곡(谷)'이 들어있다. '활
달(豁達)하다'는 말은 '도량이 넓고 크다' 또는 '시원스럽게 탁 트
여 있다'라는 뜻이다.

동전에 양면이 있듯이 '골 곡(谷)'과 똑같은 발음자로 '노래 곡(曲)'
과 '울 곡(哭)'이 있다. 굽이마다 새롭게 나타나는 아름다운 계곡
을 만나면 '노래 한 곡(曲)' 부를 수도 있지만, 진퇴유곡(進退維谷)
의 계곡을 만나면 '대성통곡(大聲痛哭)'을 피할 수 없다.

여유의 개념에는 '시간적 여유'와 '공간적 여유'는 물론 '물질적 여
유'까지 포함하고 있다. 이 글을 읽는 사람은 적어도 '시간적 여유'
가 있는 분들이다. 하지만 '공간적 여유'와 '물질적 여유'를 갖기
위해서는 어느 정도의 노력이 요구된다. 더구나 이러한 여유를
이웃과 나누기 위해서는 용기가 필요하다.

'마음의 여유', '생활의 여유'에서처럼 여유라는 말이 들어가면 왠
지 푸근하고 편안한 느낌이 든다. '여유 있는 태도', '여유 있는 미
소'도 지어보고 싶다. 말이 안 되는 듯하지만 우리는 바쁠수록 돌
아가는 여유를 찾아야 할 듯하다.

포용(包容)이란 남을 너그럽게 감싸 주거나 받아들이는 행위이

다. 순우리말로는 '감쌈'이나 '덮어 줌' 정도가 되겠다. 프랑스 철학자 앙리 베르그송(Henri Bergson, 1859~1941)은 정적이고 닫힌 사회를 미개사회로 보고, '열린사회'로 나아가야 한다고 주장했다. 여기서 열린사회란 '종족이나 민족을 초월하여 모든 인류를 포용(包容)하는 동적이며 창조적인 사회'를 말한다. 열린사회에서의 포용(包容)의 중요성을 단적으로 표현한 예라 할 수 있다. '쌀 포(包)' 자는 '어미의 배(勹)에 싸인 아이(巳)'의 모습이다. 따뜻하고 안전한 최고의 감쌈이라 할 수 있다. 만두(饅頭)를 뜻하는 포자(包子), 그리고 소포(小包), 포장(包裝), 포함(包含), 포위(包圍) 등의 예가 있다.

여기에서 파생된 글자는 많지만 모두 임신한 모양처럼 '둥글다' 또는 뱃속의 아이를 싸고 있는 막처럼 '싸다, 안다' 등의 의미가 있다. 포도(葡萄)라 할 때의 '포도 포(葡)'와 '포도 도(萄)', 포옹(抱擁)·포복절도(抱腹絶倒)라 할 때의 '안을 포(抱)', 동포(同胞)·세포(細胞)라 할 때의 '태보 포(胞)', 대포(大砲)·발포(發砲)라 할 때의 '대포 포(砲)', 수포(水泡)·포말(泡沫)이라 할 때의 '거품 포(泡)' 등이 있다. 우리말 중에서는 둥글게 감싸 안는 데 필요한 '포대기', 통통하게 살이 찌고 보드라운 모양을 뜻하는 '포동포동' 등이 있다. 발음이 통하면 의미도 통함을 보여주고 있다.

'용납할 용(容)' 자는 '집 면(宀)' 아래에 '골 곡(谷)'으로 이루어져 있다. '집과 골짜기는 모든 것을 수용할 수 있는 넓고 큰 공간이다'라는 의미에서 '용납하다'의 뜻이 나왔다. 너그러운 마음으로 남의 말이나 행동을 받아들일 때 '용납(容納), 허용(許容), 관용

(寬容)'이란 단어를 사용한다. 너그러운 마음은 얼굴빛으로 나타나기 때문에 '용모(容貌), 미용(美容), 위용(偉容)'에서처럼 '얼굴'의 뜻이 더해졌다. 놀랍게도 '얼굴 용(容)'자는 자형 자체가 상투틀고 미소 짓고 있는 얼굴형이다. 얼굴무늬 수막새에는 신라의 미소가, 서산 마애삼존불상에는 백제의 미소가 남아있듯이 '얼굴용(容)' 자에는 조선인의 미소가 남아있다.

나를 위해서는 '여유(餘裕)'가 필요하고, 남을 위해서는 '포용(包容)'의 필요하다. 여유와 포용으로 이웃과 '더불어' 살 때 행복도 '더블(double)로' 다가오리라 믿는다. 오는 휴가에는 먹고 입고 남는 것은 남에게 주고 두루 돌아다니며 놀아보는 게 어떨까. 이른바 '여유(餘裕)' 후의 '여유(旅遊)'이다.

여유와 포용이 있는 삶이란 여백의 아름다움이 있는 예술 작품과 같다. 꽃씨를 뿌리면서 꽃이 피지 않으면 어쩌나 하고 걱정하고, 꽃이 피면 또 이 꽃이 지면 어쩌나 하고 걱정하며 살아가는 사람이 많다. 걱정도 팔자인가 보다. 꽃이 피고 지는 것을 시름으로 여기지 말자. 꽃씨를 뿌리는 것도 즐거움이고, 꽃이 지는 것 또한 즐거움이다. 꽃이 지면 열매가 생겨난다.

"오늘 가장 좋게 웃는 자는
최후에도 역시 웃을 것이다."

우리는 태어나서 죽을 때까지 선택하면서 살아간다. 내 뜻대로
선택할 수 없는 것도 있고, 선택할 수 있는 것도 있다. 이를테면
부모, 조국, 고향, 모교 따위는 내 마음에 들지 않는다고 임의대로
바꿀 수 없다. 하지만 주소, 물건, 취미, 종교 따위는 내 마음에 들
지 않으면 바꿀 수 있다. 이럴 때 늘 고민하는 대상 두 가지는 배
우자와 친구다.

판단이 서지 않을 때 그 해결 방법으로 반안반심(半眼半心)을 제
시한다. 반은 눈으로 보고, 반은 마음으로 보라는 말이다. 다시
말하면 반은 육안(肉眼)으로 보고, 반은 심안(心眼)으로 보라는
의미이다. 맨눈으로만 보면 판단에 오류가 많으니 마음의 눈으로

보는 훈련을 해야 한다.

눈 안(眼) 자에 대하여 살펴본다. 안(眼)은 '눈 목(目) + 그칠 간(艮)'으로 이루어져 있다. 목(目)은 그야말로 겉에 드러난 외관상의 눈을 가리키고, 안(眼)은 안에 있는, 안 드러난, 시각이 그친 부분, 안구의 끝 부분, 수정체를 지나온 빛이 상으로 맺히는 망막을 가리킨다. 시신경이 모여 있는 망막을 조정해주는 거울이므로 안경(眼鏡)이라 하고, 목경(目鏡)이라 하지 않는다.

그런데 안(眼) 자의 옆에 붙어 있는 간(艮) 자는 주역의 간괘(艮卦)로 산(山)을 가리킨다. 금문의 간(艮) 자는 '目 밑에 人'이 붙어 있다. 더 나아갈 수 없는 끝인 산을 보고[目목] 놀라며 좌절한 사람[匕비]의 모습이다. 따라서 간(艮)은 '끝'을 가리킨다. 마음의 끝은 '한할 한(恨)', 나무의 끝은 '뿌리 근(根)', 흙의 끝은 '낭떠러지 은(垠)', 땅의 끝은 '경계 한(限)', 백성이 가질 수 있는 금속의 끝은 '은 은(銀)', 따라서 눈의 끝은 '눈 안(眼)'이 당연하다. 한계에 부딪히면 '물러날 퇴(退)' 할 수밖에 없는 것도 정한 이치다. 이같이 안목(眼目)을 조금만 넓히면 모든 한자가 웃으면서 다가온다.

세상을 육안(肉眼)으로 보면 명암(明暗)만이 나타나므로 선악(善惡), 시비(是非), 빈부(貧富), 여야(與野), 보혁(保革) 등의 갈등(葛藤)의 대립 구조로 보게 되어 싸움밖에 할 줄 모른다. 하지만 세상을 심안(心眼)으로 보면 대상의 속을 헤아릴 수 있게 되므로 화해(和諧), 협상(協商), 절충(折衷), 양보(讓步), 타협(妥協) 등의 화합(和合)의 통일 구조로 보게 되어 평화(平和)밖에 모르는 행복한 세상을 이룩할 것이다.

오늘따라 그리운 사람, 늘 생각나는 사람, 만나고 싶은 사람, 그런 안중지인(眼中之人)이 그립다. 찾아가 빙긋이 웃고 싶다.

인생의 시작을 나타내는 한자는 시작할 시(始) 자다. 이 글자의
모양은 여(女) 자에 코를 가리키는 사(厶)와 입을 가리키는 구
(口)로 이루어져 있다. 여자가 아이를 낳는 순간 탯줄을 끊고 코
와 입을 열어주는 것이 인생의 시작이라는 것이다. 갓 태어난 아
기의 기도와 식도를 열어주기 위해 아기를 거꾸로 들고 엉덩이를
때리는 간호사의 모습은 안타깝기까지 하다. "응아" 하고 울지 않
으면 위험하다. '목'을 틔우고 '숨'을 쉬어야 '목숨'이 붙어 있는 것
이다.

인간의 입은 하나지만 눈과 귀는 둘이 있다. 이는 말하기보다 보
고 듣기를 두 배 더 하라는 뜻이다. 말할 왈(曰) 자에는 한 일(一)

자가 보이지만, 눈 목(目)과 귀 이(耳) 속에는 두 이(二) 자가 보인다.

입 구(口) 자는 입의 모양을 본떠서 만들었다. 구(口) 자의 전서 모양은 'ㅂ'과 닮은꼴로 입가가 올라가 미소 짓는 모양이다. 아기가 사랑스럽게 웃는 모습을 '방실방실' 웃는다고 한다. '방글', '방긋', '배시시' 등은 모두 웃는 모양을 꾸미는 말로 신비하게도 'ㅂ'으로 시작한다.

구(口)를 발음할 때의 입 모양은 둥글다. 놀랍게도 우리말 '구슬', '구르다', '굴렁쇠', '구름', '구멍' 등은 물론 한자 공 구(球)도 모두 둥근 이미지다.

말할 왈(曰)은 입속의 혀가 보이는 모양이고, 고백할 백(白)은 입김이 쏙 빠져나오는 모습이다. 고백을 하고 나면 마음이 깨끗해진다. 여기에서 흰 백(白)으로 의미가 확장된다. 백(白) 자의 전서 모양은 윗입술을 잡아당기는 모습이다. 그러면 아플 것이고 또 고백하지 않을 수 없을 것이며, 고백하면 백(百) 가지 모두 말하지 않을 수 없는 형국이다. 그래서 더러는 죽음을 선택한다.

말씀 언(言)은 입 밖으로 입김이 계속 나오는 모양에서, 소리 음(音)은 서서 입을 벌리고 혀를 보이며 노래하는 모습에서 나왔다. 곧 구(口)에서 언(言)이 생기고, 왈(曰)에서 음(音)이 생겼다.

우리말로 '이' 하면 앞니가 보이고 '아' 하면 어금니가 보이듯, 한자로는 '치' 하면 이 치(齒)가 보이고 '아' 하면 어금니 아(牙)가 보인다. 그래서 이를 치아(齒牙)라고 한다.

말재주가 뛰어나면 '구변(口辯) 또는 언변(言辯)이 좋다'라고 하고, 소리를 매우 잘하면 '득음(得音)했다'라고 한다. 물 흐르듯 거침없이 말을 잘할 때 현하구변(懸河口辯)이라 한다. 필기시험에서는 논술(論述)을 잘해야 하고, 면접시험에서는 구술(口述)을 잘해야 한다. 세종시 문제로 여론이 구구(區區)한 걸 보면 정치가의 일구이언(一口二言)은 참으로 조심스럽다. 언어(言語) 생활이든 음악(音樂) 활동이든 언(言)과 음(音)의 옛 글자의 모습을 보면 조심하지 않을 수 없다. 이 두 글자는 입 위에 죄인을 다스리는 형구 매울 신(辛) 자가 있었음을 명심할 일이다.

말조심해야 하는 이유는 이 치(齒) 자에도 있다. 전서 입 구(口)자인 'ㅂ' 모양 안에 윗니와 아랫니를 가리키는 '인(人)'이 둘씩보인다. 말조심하라는 뜻에서 그칠 지(止) 자가 위에서 누르고있지 않은가. 인간은 나서 죽을 때까지 말하면서 살아간다. 하지만 되도록 말하지 '말라'는 경계의 뜻에서 우리말로 '말'이라하지 않는가.

인간의 탄생 순간을 비유하자면 일폐구개(一閉九開)라 할 수 있다. 이는 필자가 만들어본 성어로 '하나는 닫히고 아홉은 열린다'는 뜻이다. 곧 탄생이란 어머니의 몸과 연결된 하나의 탯줄을 끊고 자생적인 아홉 개의 새 통로가 열리는 일이다. 아홉 개의 통로는 두 콧구멍과 하나의 입, 두 눈, 두 귀, 두 배설기관 등의 입출력기관이다. 탄생 순간 울음소리로 기도를 열고, 젖을 빪으로 식도를 연다. 이어서 오줌과 똥을 싸며 배설기관이 열리고 두 귀와 두눈도 천천히 열리면서 의식을 얻게 된다. '목숨'이 붙어 있다는 말은 식도(食道)와 기도(氣道)를 관장하는 입과 코의 소통이 원활하다는 뜻이다. 총명(聰明)하다는 말은 귀와 눈이 밝게 열리어 입력을 잘한다는 의미다. 그러고 보면 삶이란 결국 아홉 통로의 소통이요, 죽음이란 그 막힘이라고 정의할 수도 있겠다.

인간은 살아 있는 동안 생계를 위하여 일정한 환경에서 어떤 조직체의 구성원으로 일하며 살아가게 되는데, 이를 '생활(生活)'이라 한다. 그런데 생활 내용을 엄밀히 들여다보면 언(言)과 행(行), 곧 언행(言行) 외에는 아무것도 없다. 그런데 말과 행실은 한번 잘못하면 엎지른 물과 같이 돌이킬 수 없으므로 신중히 해야 한다.

현재의 문화 코드는 '소통과 공유', '비움과 나눔'이다. 이의 실천을 위해서는 아홉 기관의 소통, 곧 구통(九通)을 잘 이루어야 한다. 그중에서 입은 한 개지만 입력과 출력의 두 가지 역할을 담당하고 있다. 먹는 일과 말하는 일, 이 두 가지 역할은 피할 수 없는 중요한 일이다. 하지만 먹음이 많으면 몸이 상하고, 말이 많으면 정신이 상한다. "입!"이라 말하면 입 모양이 절로 닫힌다는 사실이 놀랍지 않은가.

약한 손, 강한 힘

10리는 가도 5리는 못 가는 손, 안쪽으로는 물건을 잡을 수 있어도 바깥쪽으로는 아무것도 잡지 못하는 손, 그 손이 인류 문명의 나무에 꽃이 피게 하고 문화의 향기로 벌·나비를 유혹하고 있다. 약한 손이지만 손을 쓰면 안 되는 일이 없다.

인간만이 손을 가지고 있는 창조적인 동물이다. 온몸의 신경이 손에 맺혀 있어서 손에 수지침을 맞음으로 병을 치료하기도 한다. 인간은 손으로 맛있게 요리하고, 악기를 연주하며, 글씨와 그림을 쓰고 또 그린다. 그러니 인체 중에서 손과 관련한 한자가 가장 많다.

우선 한자 부수에서 손과 관련한 부수 글자를 살펴보자. 또 우,

오른손 우(又), 가를 지, 지탱할 지(支), 칠 복(支, 攵), 창 수(殳), 가죽 피(皮), 북 고(鼓) 등에는 공통으로 손을 가리키는 우(又) 자가 들어 있다. 또 손 수(手, 扌), 아비 부(父), 두 손으로 받들 공(廾), 마디 촌(寸), 손톱 조(爪) 등의 부수 자들도 모두 손과 관련한 글자들이다.

손 하나는 손 수(手)인데, 손 둘은 절 배(拜)다. 배(拜)의 오른쪽은 무성히 자란 풀포기의 상형으로 허리를 굽혀 풀을 뽑는 모양이 절하는 모습과 비슷하여 '절'의 의미로 파생되었다. 더러는 '배(拜) = 수(手) + 수(手) + 하(下)'로 풀이한다. 이는 절하는 동작을 나타낸 것으로 두 손을 아래로 내리는 모습이다. 편지를 쓰고 절하여 올릴 때 배상(拜上)이라 한다.

구(久)는 '사람 인(人) + 파임 불(乀)'로 가고자 하는 사람을 손으로 끌어당겨 오래 머물게 하는 모양이다. '파임'은 서예에서 획의 이름이지만 형상으로 볼 때 사람을 잡아당기는 손으로 볼 수 있다. 영구(永久), 내구성(耐久性), 지구력(持久力) 등의 예가 있다.

부모(父母)라고 할 때의 아버지 부(父)의 금문 형상은 첫 획이 유난히 굵은데, 이는 손에 돌도끼를 잡고 있는 모습이다. 글자로 보면 도끼로 먹을 것을 구해 오는 일은 아버지의 역할이고, 젖을 먹여 기르는 일은 어머니의 역할이었다. 손에 막대를 잡고 있는 다스리는 자는 다스릴 윤, 벼슬아치 윤(尹)이며 막대 잡고 입으로 호령하는 자는 임금 군(君)이다. 예컨대 조선시대에는 서울시장을 한성판윤(漢城判尹)이라고 했다.

깍지 낄 차(叉)는 깍지를 낀 반대쪽 손가락을 점으로 표시했다.

교차(交叉)는 깍지 낀 손가락처럼 서로 엇갈리는 것을 말하고, 차수(叉手)는 두 손을 마주 잡아 공경의 뜻을 나타낸다.

두 손으로 받들 공(廾)이 들어간 글자는 생각보다 많다. 우선 희롱할 롱(弄)은 두 손으로 구슬을 가지고 노는 모양이다. 해질 폐(弊)는 해진 옷[敝폐]을 두 손으로 가리고 있는 모습으로 폐사(弊社)에서처럼 '겸칭'으로 쓰이고 있다. 책 전(典)은 '책 책(册) + 공(廾)'으로 책을 두 손으로 들고 있는 모습이다. 고전(古典), 경전(經典)이 있다.

손 셋으로 이루어진 글자로는 받들 봉(奉)이 있다. 봉(丰)은 곡물이 예쁘게 자란 모습이다. 이것을 세 개의 손으로 받드는 모습이 봉(奉)이다. 여기에 손 하나를 더 붙여 네 개의 손으로 받드는 글자는 받들 봉(捧)이다. 그리고 곡물이 제기에 풍성하게 담긴 모습이 풍년 풍(豐)이다. 봉사활동(奉仕活動), 부모시봉(父母侍奉)이 있다.

함께 공(共)은 '스물 입(卄) + 공(廾)'으로 많은 물건을 두 손으로 받들고 있는 모습이다. 이바지할 공(供)과 통용되는 글자다. 함께 공(共)의 예로는 공동생활(共同生活)·공생공영(共生共榮)·남녀공학(男女共學)·공산주의(共產主義) 등이 있고, 이바지할 공(供)의 예로는 공급(供給)·공양(供養) 등이 있다. 공손할 공(恭)은 손에다 마음[忄심]까지 모아서 예를 갖춘 글자다.

줄 여, 더불 여(與)는 손이 네 개나 된다. 네 개의 손은 따지고 보면 두 사람의 손으로 한 사람이 다른 사람에게 상아[牙아]를 '주다'의 의미가 된다. 글자 가운데의 여(与)는 맞잡은 손으로 보기도 하고, 꼬아놓은 새끼줄로 보기도 하는 데서 '더불어'의 뜻이 생긴다. 与는 與의 약자다. 상장수여(賞狀授與)가 있다.

두 사람이 함께[同동] 손을 쓰면 홍할 홍(興)이 되고, 두 사람이 함께 수레[車거]를 끌면 수레 여(輿)가 된다. 흥망성쇠(興亡盛衰), 여론조사(輿論調査)가 있다.

들 거, 모두 거(擧)는 여(與) 밑에 수(手)가 붙은 모양인데 손이 다섯이나 되는 셈이다. 거수경례(擧手敬禮), 일거양득(一擧兩得)이다.

손 수(手), 손 수(扌), 오른손 우(又)도 '손'을 가리키는 글자이지만 마디 촌(寸), 손톱 조(爪) 등도 '손'을 가리킨다.

우선 마디 촌(寸)과 관련한 한자를 살펴보자. 한의학에서 사람의 손목에 맥박이 뛰는 곳을 촌구(寸口)라고 한다. 촌구는 손바닥으로부터 일촌(一寸), 곧 3센티미터쯤 떨어져 있다. 촌(寸) 자의 전서 모양을 보면 짧은 일(一) 자로 맥박의 위치를 가리키는데, 오늘날은 점으로 찍는다. 나중에는 '짧다', '작다'의 의미 외에 맥박의 수를 헤아림에서 '헤아리다' 등의 뜻으로 확장된다. '짧은 시간'은 촌음(寸陰), '짧은 쇠붙이'는 촌철(寸鐵), '마음이 담긴 작은 선물'은 촌지(寸志)라 한다.

촌(寸) 자의 전서는 우(又) 자의 모양을 포함하고 있어서 '손'의 의미로도 사용된다. 따라서 대할 대(對)는 촛대 같은 물건을 손으로 잡고 있는 모양이다. 나중에 '대답하다', '대구' 등의 의미로 확장된다. 대인(對人), 대답(對答), 대구(對句)가 있다.

쏠 사(射)의 갑골문과 금문 모양은 활에 화살을 메겨 손으로 팽팽하게 당긴 모습이었다. 전서에 와서 몸 신(身)에 화살 시(矢)를 붙이다가 이내 손을 나타내는 촌(寸)을 다시 붙이기 시작했다. 그래서 사(射)는 몸 뒤로 팔꿈치가 뒤로 나온 모양과 같이 되었다. 나중에는 화살뿐만 아니라 '총을 쏘다'의 의미도 갖게 되었다. 사격(射擊), 발사(發射), 사수(射手)가 있다.

사례할 사(謝)는 '언(言) + 사(射)'의 구조로 '사양하기 위하여 말을 먼저 하는(쏘는)' 데서 '사양하다', '감사하다'의 의미가 나왔다. 사례(謝禮), 감사(感謝)가 있다.

절 사(寺)의 본 발음은 /시/였다. 그 증거로 時, 詩, 侍 등의 발음도 모두 /시/다. 신성한 절을 가리킴에 오줌 누는 소리가 나서는 쓰겠는가. 점잖게 /사/라 해야지. 부처님을 모시는 곳은 절 사(寺)이고, 시간에 맞추어 모심은 때 시(時)이며, 아름다운 말로 모심은 시 시(詩)이고, 옆에서 시중들며 마음으로 모심은 모실 시(侍)다. 사찰(寺刹), 시간(時間), 시인(詩人), 시봉(侍奉) 등이다.

찾을 심(尋)에서 숨은 글자를 찾아보면 '좌(左) + 우(右) + 촌(寸)'으로 되어 있다. '두 손으로 더듬으며 찾는다'는 의미다. 따져가며 묻는 것은 심문(審問)이지만, 찾아가며 묻는 것은 심문(尋問)이다. 그리고 남을 집을 방문하는 것은 심방(尋訪)이 된다.

이끌 도(導)는 '손으로 길을 인도하는' 모습이다. 인도자(引導者), 지도자(指導者)이다.

손톱 조(爪)는 아래를 향해 무엇인가를 잡으려고 내미는 손의 모습으로 '잡는 손'의 의미가 본뜻이다. 힘을 쓸 때는 손톱의 역할이 크므로 '손톱'의 의미로도 쓰인다.

받을 수(受)는 주는 손[爪죄]과 받는 손[又우]이 합쳐진 모습으로 원래는 '주다', '받다'의 두 의미가 있었으나 '받다'의 의미로만 쓰이고, 나중에 이를 구분하기 위해 손 수(扌)를 덧붙여 줄 수(授) 자를 만들었다. 수수(授受)는 주고받음이고, 수여(授與)는 상장이나 훈장을 줌을 말한다.

줄 수(授)와 비슷한 의미가 있는 한자로는 보낼 증(贈), 줄 사(賜), 공급할 급(給) 등이 있다. 남에게 물품을 거저 줌을 기증(寄贈)이라 하고, 성의 표시나 축하 인사로 줌을 증정(贈呈)이라 한다. 임금이나 윗사람이 준 물품은 하사품(下賜品), 보상 없이 주는 식사를 무상급식(無償給食)이라 한다.

다툴 쟁(爭)은 두 손이 긴 물건을 서로 당기고 있는 모습에서 '다투다'의 의미가 되었다. 싸움은 투쟁(鬪爭), 자기의 주장을 말이나 글로 논하며 다투는 것을 논쟁(論爭)이라 한다. 다툼 중에 가장 무서운 다툼은 전쟁(戰爭)이다.

수(受), 쟁(爭)과 마찬가지로 이에 원(爰)도 두 손에서 출발한다. '막대기로 빠진 사람을 구해내는 모습'이다. 원(爰)이 나중에 '이에'라는 부사로 쓰이자 본뜻을 살리기 위해 '당길 원, 도울 원(援)'

자를 만들었다. 어려움이나 위험에 빠진 사람을 구해줌을 구원(救援), 물품이나 돈 따위로 도와줌을 원조(援助)라 한다. 지지하여 도와주면 지원(支援)이며, 호응하여 도와주면 응원(應援), 소리를 지르며 응원하는 것은 성원(聲援)이다.

잔 작, 벼슬 작(爵)은 새 모양의 술잔을 들고 있는 모습이다. 벼슬과 지위를 통틀어 작위(爵位)라고 한다.

온당할 타(妥)는 한 남자의 손에 붙잡힌 여자의 모양인데, '온당하다'의 의미로 된 것은 아마 그것을 여자의 숙명으로 보았기 때문이다. '타당(妥當)하다'는 말은 '마땅하다'의 의미이고, 타협(妥協)이란 말은 '서로 양보하며 협의함'을 뜻한다.

할 위(爲)의 갑골문 형상은 '손으로 코끼리의 코를 잡고 있는 모습'이다. 여기에서 '부리다', '하다'의 의미로 발전한다. 행위(行爲), 위정자(爲政者)가 있다. 성인의 덕이 지극하여 인위적(人爲的)으로 아무 일을 하지 않아도 천하가 저절로 잘 다스려지는 '무위지치(無爲之治)'는 꿈일 뿐일까.

얼굴을 가리키는 우리말에는 '쪽'·'낯'·'얼굴'이 있고, 한자에는 '얼굴 면(面)'·'얼굴 용(容)'·'얼굴 안(顏)' 등이 있다.

'쪽팔리다'라고 할 때의 '쪽'은 얼굴의 속된 표현이고, '낯'은 예사말이며 '얼굴'은 그나마 점잖은 말이라 할 수 있다. 우리말 '얼'은 정신이나 영혼을, '굴'은 꼴이나 모양을 뜻한다. 따라서 얼굴은 순우리말로서 '얼의 꼴', '정신의 모양'을 뜻한다고 볼 수 있다. 얼굴의 원형은 '얼골'로 '형태'의 뜻이었다. '어지럽다', '어질다', '어리다', '어린이', '어르다', '어른', '어리석다', '얼간이' 등은 모두 '얼'과 관련한 말로 보인다. 사람의 얼굴에는 23개의 뼈에 좌우 각각 22개의 근육이 무한한 표정을 짓게 만들어져 있다고 한다.

얼굴 면(面) 자 이야기를 해보자. 면(面) 자의 모양을 보면 면(面) 자 한가운데에는 코를 가리키는 자[自^자]가 들어 있다. 면(面) 자 위에는 이마를 나타내는 일(一)이 있고, 좌우에는 뺨이 에두르고 있다. 면(面)의 구성요소는 이목구비(耳目口鼻)다. 귀, 눈, 입, 코가 그것이다. 발음을 해보면 귀, 눈, 입, 코처럼 중요한 것은 한 음절로 이루어져 있다는 사실이 재미있다.

그러면 면(面)의 구성요소인 이목구비(耳目口鼻)를 살펴보자. 이(耳), 목(目), 구(口)는 모양을 본떴다. 비(鼻)는 코의 뜻을 나타내는 스스로 자(自)와 음을 나타내는 낮을 비(卑)로 이루어져 있다. 원래 자(自)는 코를 뜻했으나, '~부터', '저절로', '자신' 등으로 의미가 확장되므로 코만을 뜻하는 비(鼻) 자를 새로 만든 것이다.

다음은 자(自) 자의 의미 확장 내력을 알아보자. 코로 숨쉬기 시작함으로부터 인생이 시작된다. 여기에서 '~로부터'의 의미가 생성되었다. 또 숨 쉬는 일은 자율신경계에 의하여 무의식중에 저절로 이루어지므로 '저절로', '스스로'의 의미가 생성되었다. 자(自)에는 '자신'의 의미도 있는데, 이는 사람의 중심은 머리이고 그 중앙에 코가 있기 때문이다. '얼굴 면(面)', '머리 수(首)', '머리 혈(頁)'에는 공통으로 자(自) 자가 숨어 있다. 수(首)에는 머리카락이 보이고, 혈(頁)에는 수염이 보일 뿐이다.

페이지를 나타내는 말로 우리는 '쪽', 또는 '면(面)'을 사용하지만, 중국에서는 '혈(頁)'을 쓴다. 그런데 이때의 발음은 '잎 엽(葉)'과 같이 /엽/으로 읽어야 한다.

기초 행정 단위로 읍(邑), 면(面), 동(洞) 등이 있다. 여기서 면(面)

의 의미는 무엇일까. 사람이 태어나서 죽을 때까지 얼굴[面면]을 판별할 수 있는 숫자가 면(面) 단위의 5천 명 안팎이 되기 때문이란다. 그러니까 농경사회에서 면면(面面)이 있는 사람의 경계가 행정단위 면(面)이 된 것이다. 집안에 혼사가 있거나 초상이 나면 면면(面面)이 있는 면내(面內) 사람들이 모이기 때문에 만들기 쉽고 먹기 쉬운 '국수 면(麵)'이 제격이다.

잠잘 면(眠)도 재미있는 글자다. 면(面)을 봐야 면(眠)하고 있는지 알 수 있다. 수면(睡眠)이라는 단어의 두 글자는 눈이 드리워져[垂수] 있거나 감고[民민] 있는 모습이다.

웃음이란 사람의 감정을 표정이나 목소리로 나타내는 방식의 하나다. 웃음은 주로 기쁨의 표현이다. 욕구가 충족되었을 때에 일어나는 즐거운 마음이나 느낌을 '기쁨'이라고 한다. 기쁨은 기분이 좋아 '기를 뿜음'에서 온 말로 생각된다. 피곤하거나 졸릴 때 절로 입이 벌어지면서 나오는 '하품'도 '아래로 길게 뿜음'에서 온 말이 아닐까 한다.

우리말 '웃음'의 어원은 무엇일까. 웃음을 분석하면 '우(위) + 숨'으로 볼 수 있다. 숨을 쉰다는 것은 살아 있다는 증거다. 코 또는 입으로 공기를 들이마시고 내쉬는 단순한 기운이 아니라, '삶의 기쁨에서 오는 숨', '기분이 업그레이드된 숨'의 의미에서 '웃숨'을

'웃음'으로 표현하지 않았을까 하고 추측해본다.

웃음에 해당하는 한자는 웃을 소(笑)다. 소(笑) 자의 전서 형태는 분명하게 '대 죽(竹) + 개 견(犬)'으로 쓰고 있다. 이는 웃음의 두 종류를 나타낸다고 본다. 하나는 댓잎이 바람에 서걱거리듯 성대를 울리지 않고 작게 웃는 웃음이고, 또 하나는 개가 짖듯이 성대를 울리며 크게 웃는 웃음이다.

나중에 개 견(犬) 대신에 어릴 요(夭) 자를 쓴 것은 우선 발음을 나타내고, 또 하나는 사람이 웃을 때의 모습을 상형했다고 볼 수 있다. 요(夭) 자는 '별(丿) + 대(大)'로 구성되어 있는데, 여기의 별(丿) 자는 사람이 목을 갸우뚱 기울이고 있는 모습이다. 여기에서 요(夭) 자는 '요염한 자태, 젊음' 등의 의미로 파생된다.

웃음에 어떤 접두사를 붙이느냐에 따라 웃음의 다양한 모습을 살필 수 있다. 예컨대 눈으로만 웃는 웃음은 눈웃음, 코로 소리를 내며 웃는 웃음은 코웃음, 마음에 없이 소리만 내는 웃음은 헛웃음, 크게 소리를 내며 시원하고 당당하게 웃는 웃음은 너털웃음, 남을 비꼬거나 업신여기는 웃음은 비웃음이라 한다.

한자어로 표현되는 웃음의 종류도 다양하다. 손뼉 치며 크게 웃는 박장대소(拍掌大笑), 얼굴빛을 부드럽게 하며 크게 웃는 파안대소(破顔大笑), 껄껄대며 웃는 가가대소(呵呵大笑), 하늘을 우러러보며 크게 웃는 앙천대소(仰天大笑), 입을 크게 벌리고 웃는 홍소(哄笑), 이야기하며 웃는 담소(談笑), 소리를 내지 않고 빙긋이 웃는 미소(微笑), 자기도 모르게 나오는 실소(失笑),

폭발하듯 터져 나오는 폭소(爆笑), 부끄러워 웃는 치소(恥笑)
등이 그것이다.

웃음이라고 다 좋은 것은 아니다. 상대방의 기분을 상하게 하는
웃음도 있다. 쓴웃음은 고소(苦笑), 코웃음은 비소(鼻笑), 터무니
없거나 같잖은 웃음은 가소(可笑), 거짓웃음은 가소(假笑), 가벼
이 생각하여 웃는 경소(輕笑), 독기를 품고 웃는 독소(毒笑), 쌀쌀
한 태도로 업신여기며 웃는 냉소(冷笑), 조롱하면서 웃는 조소(嘲
笑), 비웃는 비소(誹笑) 등이 그것이다.

'일소일소(一笑一少) 일노일로(一怒一老)'라 했다. 한 번 웃으면
한 번 젊어지고, 한 번 성내면 한 번 늙는다는 뜻의 격언이다. 읽
으면 읽을수록 동요 같은 운율이 느껴지는 것은 '웃을 소(笑)'와
'젊을 소(少)', '성낼 노(怒)'와 '늙을 로(老)'처럼 발음의 유사성이
주는 언어의 유희성 때문이다.

웃음이 건강에 좋다는 것은 임상학적으로 증명된 바 있다. 영어
에서 건강(health)과 행복(happiness)의 어원은 고대 그리스어
웃음(hele)에서 왔다고 한다. 그렇다면 건강하고 행복해서 웃는
것이 아니라 웃어야 건강하고 행복해질 수 있다는 사실을 깨달
아야 한다. 대인관계에서도 마찬가지다. 내가 먼저 웃어야 한
다. 내가 웃으면 상대방도 따라 웃는다. 이것이 웃음의 에코
(echo) 효과다.

빅토르 위고는 "인간만이 웃는 재주를 가지고 있는 유일한 동물
이다"라고 했다. 그는 또 "웃음은 사람들의 얼굴에서 겨울을 몰아

내는 태양과 같다"라고 했다. 니체는 "오늘 가장 좋게 웃는 자는 최후에도 역시 웃을 것이다"라고 했다. 매일 웃음으로 하루를 시작해보자.

한반도를 인체에 비유한다면 백두산은 머리가 되고, 두류산에서 출발하여 금강산·설악산·오대산·태백산에 이르는 줄기는 척추가 되며, 소백산맥 중 속리산까지는 넓적다리뼈가 되고, 지리산까지는 정강뼈를 이루게 된다.

그렇다면 서울은 인체로 볼 때 어디에 해당할까. 아마 명치쯤이 되지 않을까 한다. 명치란 사람의 복장뼈 아래 한가운데 오목하게 들어간 곳으로 급소의 하나다. 명치를 한자로 명문(命門)이라고 하는데, 이는 '생명(生命)의 문'이란 뜻이다. 그러므로 명치 서울을 명치(明治)해야 한다. 밝게 다스려야 한다는 말이다.

'서울'이라는 명칭은 순우리말 지명으로 원래는 신라, 백제, 고구려 등에서 사용했던 보통명사로 보인다.

신라의 경우 《삼국사기(三國史記)》, 《삼국유사(三國遺事)》 등의 기록에 보이는 '서벌(徐伐)', '서라벌(徐羅伐)', '서나벌(徐那伐)', '서야벌(徐耶伐)' 등은 신라 초기 도읍지 이름인 동시에 국명이기도 했다. 중국의 역사서인 《삼국지(三國志)》 등에 보이는 '사로(斯盧)', '사라(斯羅)', '신로(新盧)' 등의 국명도 '서울'과 같은 음훈(音訓)으로 서벌, 서라벌 등의 다른 표기에 지나지 않는다. 곧 '서라벌'은 '새 벌'의 의미이고 한자로 음차하면 '신라(新羅)'가 된다. 또한 《삼국사기》 등에서 서라벌(徐羅伐)을 금성(金城)으로도 표기했다는 점에 착안하여 '쇠벌(鐵原)'이라는 설도 있다.

백제에서는 백제의 서울을 '소부리(所夫里)'라 했다. '소부리'의 '소(所)'는 '솟', '솔', '솟대', '솔개'의 뜻으로 '높다'는 의미이고 '부리'는 '벌' 또는 '높은 곳'의 의미였다. 결국 '소부리'는 '높은 벌'이라는 말이 된다. 백제의 수도 '부여(夫餘)'의 옛 지명을 '소부리'라고 하는 것도 같은 맥락이다.

고구려의 첫 도읍지 '졸본(卒本)'은 본디 '솔본(率本)'의 오기로, '솔본' 역시 서울을 가리키는 고구려 사람들의 옛말 중의 하나로 보기도 한다. 솔본은 현재 중국 요녕성(遼寧省) 환인현(桓仁縣)에 있는 오녀산성(五女山城)이다. 솔본의 의미도 '서라벌'이나 '소부리'와 별 차이가 없다고 본다.

결국 서울이란 지명의 유래는 신라의 수도 '서라벌'에서 음이 변천하여 서울이 되었다는 설, 백제 때의 '소부리'라는 말에서 유래했다는 설, 고구려의 수도 '솔본(率本)'에서 유래했다는 설 등 세 가지 이론이 정립(鼎立)하고 있다.

이상의 자료로 서울의 의미를 종합해보면 '서라벌(徐羅伐)'의 '서라(徐羅)'·'소부리(所夫里)'의 '소(所)'·'솔본(率本)'의 '솔(率)' 등은 각각 우리말 '새'·'수리'·'솟'·'솔'의 음을 빌린 것으로 '새롭고 높고 신령하다'는 뜻이고, '벌(伐)'·'부리'·'본(本)' 등은 '벌판'의 뜻으로 보인다. 따라서 '서울'은 '새 벌·새 벌판·신령한 들판'의 뜻으로 한자어로는 '신도(新都)·상도(上都)·신도(神都)'라 할 수 있으니, 이를 포괄적으로 말하면 '수도(首都)'라는 뜻이다. 그러므로 '서울'은 본래 고유명사가 아니라 보통명사에서 출발한 것으로 보인다.

현재 서울의 중국어 표기는 '首尔수이'이고, /셔우얼/이라 발음한다. '首尔'의 우리 한자 발음은 /수이/지만 현대 중국 발음으로는 /서울/과 가깝고, 의미 또한 괜찮다는 판단에서 2005년 1월 19일 당시 서울시 이명박 시장은 서울의 중국어 명칭을 '한성(汉城)'에서 '수이(首尔)'로 고친다고 발표했다. 이는 지명이나 인명 등을 부를 때 현지 발음을 존중해서 적기로 한 규약에 기인한다. 물론 공청회와 여론을 거쳐서 인위적으로 정한 중국어 명칭이라 하겠다.

'서울'이 '서러워서 울다'에서 왔다는 민간 속설이 있다. 이는 임병양란(壬丙兩亂)과 왜정(倭政)으로 말미암은 상실의 아픔에서 생긴 말이다. 전쟁의 상흔 속에서 백성이 끝까지 믿고 있는 수도가 함락되었다는 사실은 서러워 울 정도를 지나 피를 토할 일이다.

또 한 가지 민간 어원설이 있다. 태조 이성계가 수도를 개성(開城)에서 다른 곳으로 옮기고자 전국을 찾아다니다가 너무나 지쳐서 지금의 왕십리(往十里) 근처에서 휴식하고 있었다. 그때가 겨울이었는데, 한 노인이 지나가다 말고 손가락으로 한쪽을 가리키기에 그쪽으로 가보니 눈[雪설]이 신비하게도 성벽처럼 두르고 있었다. 눈이 두른 길을 따라 성벽을 쌓고 도읍을 만든 것이 雪鬱(설울)이다. 곧 눈 설(雪), 막힐 울(鬱)에서 '서울'이란 말이 유래했다는 것이다.

삼국시대의 각축장이었던 서울은 '위례성', '한산주' 등으로 불리다가 통일신라 경덕왕 14년인 7년에 한양군(漢陽郡)이 설치되면서 비로소 '한양(漢陽)'이라는 이름을 얻게 된다. 고려시대에는 '양주(楊州)', 조선시대에는 '한성(漢城)', 일제강점기에는 '경성(京城)'으로 불리다가 1946년부터 '서울'로 불리고 있다. 다시 말하면 '서울'은 어느 시대에나 늘 사용되던 보통명사에서 오늘날 대한민국의 수도 '서울'로 고유명사화한 것이다. 1394년 조선 왕조의 정도(定都) 이래 지금까지 조선, 대한제국, 대한민국의 정치·경제·사회·문화의 중심지 역할을 맡고 있다.

서울이 정녕 제 이름값을 하려면 '서라벌', '소부리', '솔본'이 다스리던 모든 영역의 수도가 되어야 한다. 다시 말하면 고구려까지 아우르는 서울이어야 한다. '首尔'가 이름값을 하려면 세상에 우뚝 서서[首수] 너[尔이]에게 다가가는 수도가 되어야 한다.

'집, 지붕, 짓다' 또는 '먹다, 묻다[問문], 물다, 마시다' 등의 단어 가족을 살펴보면, 발음이 통하면 의미도 서로 통한다는 것을 느낄 수 있다. 그렇다면 '옷, 의(衣), 입다, 이불'의 동원어 가설은 지나친 발상일까.

'아랫도리, 윗도리'의 '도리'는 옷의 의미로 '돌려 감다'에서 온 말이 아닌가 생각한다. '치마, 저고리, 바지, 두루마기' 등의 순우리말에 '옷'이 붙지 않음은 두고두고 생각해봐야 할 일이다. 치마는 여성을 지키기 위하여 '치고 막음'에서, 저고리는 브래지어와 같은 개념의 '젖 고리'에서, 바지는 '발을 지키는 베'에서, 두루마기는 추위로부터 '두루 막기'에서 오지 않았나 하고 상상해본다.

옷에 해당하는 한자는 의(衣)와 복(服)이다. 이 두 글자를 합치면 의복(衣服)이 된다. 그리고 옷은 안팎으로 나누어 속옷과 겉옷이 있는데, 속옷은 내의(內衣), 내복(內服)이라 하고, 겉옷은 외의(外衣), 외투(外套)라고 한다.

옷 의(衣) 자는 옷을 입고 깃을 여민 모양을 본뜬 글자로 본디 '웃옷'을 가리켰다. 웃옷을 의(衣)라 한다면 아래옷은 상(裳)이라 하고, 따라서 옷 전체는 의상(衣裳)이 된다.

그러면 의(衣)와 관련한 글자부터 살펴보자. 우선 의지할 의(依) 자의 갑골문을 보면 '인(亻) + 의(衣)'가 아니라 의(衣) 안에 인(人)이 들어 있다. 옷이야말로 사람에게 의지하고 있지 않은가. 따라서 의(依) 자는 '의지하다', '기대다'의 의미다. 의지(依支), 의뢰(依賴), 귀의(歸依)가 있다.

치마 상(裳)은 숭상할 상(尙) 밑에 의(衣) 자가 드리워져 있으니 치마는 밑으로 드리워진 옷임을 알 수 있다. 물론 발음은 상(尙)이다.

겉과 속을 표리(表裏)라고 하는데, 잘 살펴보면 겉 표(表)와 속 리(裏)자 속에는 모두 의(衣) 자가 들어 있다. 이를 보면 표리(表裏)라는 말은 옷의 안팎에서 비롯되었음을 알 수 있다. 표(表) 자는 모피 털이 있는 옷을 겉쪽으로 입는다 하여 '겉', '바깥'을 뜻하고, 리(裏) 자는 의(衣) 안에 마을 리(里) 자를 넣어서 '안'이라는 뜻을 가진다. 마을 리(里)는 발음도 되고, 마을의 속성이 동굴 속이나 골짜기 안에 형성되었음을 보여준다.

한자도 모양만큼이나 발음도 뜻과 깊은 관련이 있다. /표/라고 하면 '겉 표(表)', '표 표(票)', '우듬지 표(標)', '나부낄 표(飄)', '물에 뜰 표(漂)'에서 보듯이 모두 '겉, 나타나다'의 의미를 지니고 있다. 표정(表情), 우표(郵票), 목표(目標), 표연(飄然), 표류(漂流)다.

쇠할 쇠(衰), 상복 최(衰)는 같은 글자로 의(衣) 안에 축(丑) 자가 들어 있다. 축(丑) 자는 장갑을 끼고 있는 모습으로 음력 '섣달'을 나타낸다. 옷 안이 추우니 '쇠한 옷'을 나타내고, 그런 느낌의 옷은 여지없이 '상복'이다. 성쇠(盛衰), 최복(衰服)이 있다.

이불 금(衾)은 이제 금(今)이 발음을 나타냄과 동시에 뭔가 덮고 있는 모습이니 '이불'이 된다. 금침(衾枕), 원앙금(鴛鴦衾)이다.

슬플 애(哀)는 옷을 풀어헤치고 입을 벌리고 울고 있는 모양이다. 그 울음소리도 /애~/인 것은 분명하다. 애도(哀悼), 애걸(哀乞), 애통(哀痛), 비애(悲哀)이다.

속마음 충(衷)은 중(中) 자가 들어 있으니 '속마음' 또는 '속옷'의 뜻이다. 속에서 우러나는 참된 마음은 충심(衷心)이요, 마음속에서 우러나오는 참되고 진실한 뜻은 충정(衷情)이다.

곤룡포 곤(袞)에 들어 있는 글자는 공(公) 자의 변형이므로 귀인이 입는 옷이다. 물론 곤(衮)으로 쓰기도 한다. 곤룡포(袞龍袍)는 임금이 입던 정복으로 누런빛이나 붉은빛의 비단으로 지었으며 가슴과 등과 어깨에 용의 무늬를 수놓았다.

가사 가(袈)는 더할 가(加) 자가 붙어 있으므로 본래 옷에 더하여 어깨에 걸쳐 입는 승려의 옷을 가리킨다. 가사(袈裟)라고 한다.

핫옷 포, 겨울옷 포(袍)는 쌀 포(包) 자가 음과 의미를 나타낸다. 도포(道袍)가 있다. /포/라고 하면 '싸다, 둥글다'의 의미를 지니고 있다. 포대기, 세포(細胞), 포옹(抱擁), 포도(葡萄), 포말(泡沫), 포동포동, 포식(飽食), 체포(逮捕), 투포환(投砲丸)이 있다.

인간이 살아나가는 데 꼭 필요한 세 가지 기본 요소는 '옷, 음식, 집'이다. 입고, 먹고, 사는 곳, 이를 통틀어 한자어로 '의식주(衣食住)'라 한다.

흥미 있는 것은 북한어에서는 언제부터인가 '식의주(食衣住)'라 한다는 점인데, 이는 먹을거리를 가장 중요하게 생각하고 어순을 바꾼 것이리라. 아이러니하게도 그럼에도 지금 먹을거리 문제로 골치를 앓고 있다.

우리의 경우 품위 유지를 중시하여 먹는 일보다 의관(衣冠)을 먼저 챙기는 체면의식이 강하다. 사람을 평가할 때에도 상대방이 입고 있는 의복(衣服), 곧 겉치레를 보고 판단하는 경우가 많다. 그래서 좋은 먹을거리보다 좋은 옷을 앞세워 호의호식(好衣好食)이라 한다. 객지에 나가 출세하여 고향에 돌아올 때에 성공한 모습을 구차하게 말로 하지 않고 옷으로 보여주는 것이 금의환향(錦衣還鄕)이다.

'옷은 새 옷이 좋고 사람은 옛 사람이 좋다'는 속담을 보면 누구나 옷은 새 옷을 찾게 되어 있으므로 유행이나 겉치레를 결코 탓할 수만은 없다.

집은 창조의 공간이다

전에 없던 것을 처음으로 만드는 일이나 신이 우주 만물을 지음을 '창조(創造)'라 한다. 창조(創造)라 할 때의 비롯할 창(創)의 초기 금문 형태는 '㓞창'이었다. 무엇을 칼로 가르면 둘로 나뉘는 모습이다. 나중에 이리저리 칼질하는 모습의 '丼정' 자를 더하여 '刱창'으로 쓰다가 발음을 중시하여 서서히 지금의 '創창' 자로 쓰기 시작했다.

그런데 '創창'을 '곳집 창(倉) + 칼 도(刂)'로 분석해보아도 재미있게 해석이 된다. '곳집 창(倉)'은 창조를 위한 공간이요, '칼 도(刂)'는 창조를 위한 도구라 할 수 있다. 곳집 창(倉)은 '밥 식(食) + 입 구(口)'의 구조이니 입에 들어갈 것을 넣어두는 곳집을 가리킨다. 그런 뜻에서 창조란 우리에게 먹을 것을 제공하는 일로 볼수 있다.

곳집 창(倉) 자 위에는 모일 집(亼)이 있다. 그리고 문 문(門)의 한쪽이 가운데에 있고 거기에 입 구(口)를 받치고 있으니 창조는 물을 문(問)과도 관계있는 일이다. 그리고 칼 도(刂)는 분석을 위해 필요하다. 따라서 창조의 속성을 창(創) 자에서 찾아보면 첫째는 모여서 의논해야 하고, 둘째는 질문이 절대적이며, 셋째는 분석을 해야 함을 가르쳐주고 있다.

'곳집'을 가리키는 글자로는 먹을 것을 넣어두는 곳인 창(倉) 이외에 거마(車馬)나 무기를 넣어두는 곳인 '곳집 고(庫)', 나누어 줄것을 넣어두는 곳인 '곳집 부, 관청 부(府)', 벼를 가득 넣어두는 곳인 '곳집 름(廩)', 노적가리처럼 잠깐 쌓아두는 곳인 '곳집 유(庾)'등이 있다.

그러면 지을 조(造)는 어떤 의미인가. 창조한 것을 신(神)에게 고(告)하기 위하여 나아가는[辶 착] 모습이다.

'집'은 우리에게 어떤 의미가 있을까. 삶의 터전인가. 휴식의 공간인가. 아니면 창조의 공간인가. '옷', '밥', '물', '불', '나', '너'처럼 '집'도 한 음절의 단어인 걸 보면 중요한 것임에 틀림없다.

《다산시문집(茶山詩文集)》제13권, 〈중수만일암기(重修挽日菴記)〉에 나오는 내용이다.

十日而棄者蠶之繭也(십일이기자 잠지견야)

六月而棄者鸎之窠也(륙월이기자 연지과야)

一年而棄者鵲之巢也(일년이기자 작지소야)

然方其經營而結構也(연방기경영 이결구야)

或抽腸爲絲或吐涎爲泥(혹추장위사 혹토연위니)

或拮据茶租口瘏尾譙而莫之知疲(혹길거도조 구도미초
이막지지피)

人之見之者無不淺其知而哀其生(인지견지자 무불천기지
이애기생)

雖然紅亭翠閣彈指灰塵(수연홍정취각 탄지회진)

吾人室屋之計無以異是也(오인실옥지계 무이이시야)

열흘을 살다가 버리는 집은 누에고치고, 여섯 달을 살다
가 버리는 집은 제비집이며, 한 해를 살다가 버리는 집은
까치집이다.

그 집을 지을 때에 더러는 창자에서 실을 뽑아내고, 더러
는 침을 뱉어 진흙을 반죽하며, 더러는 열심히 풀이나 지
푸라기를 물어 나르느라 입이 헐고 꼬리가 빠져도 지칠
줄을 모른다.

사람들은 이 같은 그들의 지혜를 어리석다고 생각하고
그들의 삶을 안타깝게 여기기 마련이다. 그러나 붉은 정
자와 푸른 누각도 잠깐 사이에 먼지가 끼어버리는 것이
니, 우리 인간들의 집 짓는 일도 이런 하찮은 짐승들과
다를 바가 없다.

해남현에 있는 두륜산(頭輪山)에 만일암(挽日菴)이란 암자가 있다. 이는 백제의 승려 정관(淨觀)이 창건한 암자인데, 두운(斗雲) 스님이 다시 짓고 나서 다산(茶山)에게 〈중수기(重修記)〉를 부탁한 바 다산이 이에 응하여 쓴 글의 앞부분을 옮겨보았다.

세상에 영원한 집은 없다. 집은 최대한 활용하고 난 뒤에는 거침없이 버려야 한다. 그렇다고 버리기 위하여 집을 짓는다고 하기엔 너무 서글프다.

예전에는 살기 위해 집을 지었지만 요즈음에는 팔기 위해 집을 짓는다고 한다. 삶의 보금자리로서의 집이라기보다 투자 가치로서의 집을 생각하는 세태를 반영한 말이다. 엄밀히 말하자면 집이란 내부 공간만을 사용할 따름이지 구조물 자체를 사용하지는 않는다. 따라서 금은보석과 유리로 지은 고루거각(高樓巨閣)이든 흙과 돌, 초목으로 지은 전통가옥이든 내부 공간만을 사용한다는 점에서는 마찬가지다. 자연을 훼손하지 않는 범위 내에서 알맞은 크기고 짓고, 그 안에서 먹고 자고 일하고 쉴 수 있으면 그만이다.

집을 짓고 사는 동물은 새와 곤충과 인간이다. 그렇다고 해서 인간이 집을 짓는 이유가 새, 곤충과 마찬가지일까? 우선 생각할 수 있는 것은 새와 곤충의 집은 똑같지만 인간의 집은 다양하다는 데 있다. 흙집, 돌집, 나무집, 벽돌집, 철근 콘크리트집 등 인간의 집은 소재와 모양 및 그 용도에서 매우 다양하다. 새와 곤충의 집은 그들의 본능에 의한 결과지만 인간의 집은 인간의 창조적 본능에 기인한다고 본다. 인간의 창조적 본능이 용도, 크기, 모양,

재질에 따라 매우 다양한 집을 짓게 했다.

개나 닭, 소나 말은 집을 짓지 않는다. 인간이 그들을 길들이기 위해 집을 지어줄 따름이다. 그들에게 집을 지어주고 착한 일을 한 것처럼 인간은 회심의 미소를 짓지만 그들의 처지에서 보면 종신형의 죄수처럼 평생 감옥에 갇혀 있어야 하는 끔찍한 일이다.
새는 하늘을 주 무대로 살아가고, 인간은 땅을 의지해 살아가지만, 곤충은 하늘과 땅을 두루 체험하며 살아간다. 애벌레 시절에는 땅을 기어 다니고 나방 시절에는 하늘을 날아다니기도 하니, 그런 점에서는 곤충이 새와 인간을 앞선다고 할 수 있겠다.

인간은 왜 집을 지을까. 건축 연구가 서윤영 씨는 그 이유를 《사람을 닮은 집, 세상을 담은 집》에서 '출산(出産)과 양육(養育)' 때문으로 보고 있다. 맞는 말이다. 집은 투자의 대상, 돈벌이의 수단이 되어서는 안 된다. 권위나 위엄의 상징이 되어서도 안 된다. 출산과 양육을 위한 공간으로서의 집을 생각해야 한다. 인간은 임신기간이 유달리 길고 신생아가 미숙한 상태에서 태어나며 성인이 되기까지 양육 기간이 매우 길어서 집을 지을 수밖에 없다. 소나 말은 태어나자마자 벌떡 일어서서 걸을 수 있지만, 인간은 태어나서 1년은 지나야 겨우 일어설 수 있을 정도다.
새와 곤충이 집을 짓는 이유도 출산과 양육 때문으로 볼 수 있다. 둘 다 하늘을 난다는 게 가장 큰 특징이다. 따라서 몸을 가볍게 해야 하고, 이를 위해서는 체외수정이 불가피하다. 수정란을 알의 형태로 배출하여 외부에서 부화하기 위해서는 집이 필요하다.

이런 관점에서 볼 때 집은 몸 밖의 자궁(子宮)이라 할 수 있다. 인간 역시 미숙아 상태로 아이를 낳아 장기간 집중관리를 해야 하므로 새와 곤충처럼 집이 필요하다. 인간은 구석기시대부터 집을 짓기 시작했고 지금도 형태는 다양해졌지만, 집의 근본적 존재 이유는 마찬가지다.

'집'의 동사형은 아무래도 '짓다'가 아닌가 한다. '옷을 짓다', '밥을 짓다', '집을 짓다', '글을 짓다', '한숨을 짓다', '약을 짓다', '미소를 짓다', '무리를 짓다', '농사를 짓다', '죄를 짓다', '매듭을 짓다', '이름을 짓다', '짝을 짓다', '결말을 짓다' 등의 예에서 보이듯이 우리말의 '짓다'는 정말 다양하게 사용된다. 또 영어의 'build'나 한자의 '건(建)'에 비하여 우리말의 '짓다'는 삶의 전반과 밀착되어 있음을 알 수 있다.

'짓다'의 반대는 '허물다', '헐다'다. '빌 허(虛)'와 관련이 있다. 허물어야 새로 지을 수 있는 법.

초대장을 받아 보면 반드시 일시와 장소가 쓰여 있다. 이 둘 중에 어느 하나만 없어도 우리는 행동으로 옮길 수 없다. 순우리말로 때와 곳으로 표현하기도 한다. 때와 곳이 없는 인간의 약속은 없다. 제법 분위기 있는 한 친구는 '좋은 날', '좋은 곳'으로 표현하기도 한다. 다시 말하면 시간(時間)과 공간(空間)의 좌표가 설정되어야 분명한 약속이라 할 수 있다.

그런데 시간, 공간이라고 할 때의 '간(間)' 자를 '인간(人間)'에게 왜 붙였을까? 시간과 공간 앞에서 자유로울 수 있는 인간은 한 명도 없기 때문이다. 그 어떠한 물상도 마찬가지지만 인간 역시 시간과 공간의 굴레를 벗어나서는 삶을 영위할 수 없다. 시간과 공간, 곧 시공을 극복하기 위한 인간의 노력은 유사 이래 지금도 이어지고 있으니 이것이 바로 축지법(縮地法)에 대한 염원을 낳았다고 볼 수 있다. 전화, 텔레비전, 자동차, 비행기는 물론 인터넷, 인공위성 등도 축지법 실현을 위한 노력의 결과물이라고 할 수 있다.

돌이켜 생각해보면 시공을 극복하고자 노력해보았자 우리의 삶은 영원한 시간 속의 무지 짧은 인생이요, 무한한 공간 속의 너무나 좁은 육신에 불과하다. 영원한 시간과 무한한 공간에 비하면 인간의 존재는 너무나 보잘것없다. 하이데거가 아니라도 실존(實存)의 문제에 대하여 심각하게 사유하지 않을 수 없다.

46억 년의 지구 역사를 하루 24시간에 비유하면 인간은 자정 1분 15초 전에 세상에 나타났고, 이 중 호모사피엔스 시대는 불과 3초밖에 되지 않는다니 참으로 인생무상(人生無常)이라 할 수밖에 없다. 게다가 역사시대는 1초도 안 되는 너무나 짧은 시간의 기록이라니, 이 글을 쓰는 자체도 무의미한 짓인지도 모를 일이다.

그러나 너무 실망할 필요는 없다. 인류는 예술(藝術)과 종교(宗敎)라는 이름으로 이를 극복하고 있다. 예술은 가시적인 활동으로 시공을 극복하게 해주고, 종교는 불가시적인 영적인 것으로 무한한 시공을 제공한다. 내가 쓴 시와 글씨가 비록 하찮은 예술품일지라도 내 손을 떠나 먼 곳에 존재할 수도 있고, 죽은 뒤에도 세상에 남아 있을 수 있다. 내 육신의 또 다른 모습이 DNA 암호를 갖고 자손에게 남아 있듯이 내 영혼의 또 다른 모습은 예술이란 이름으로 세상에 길이 전해지는 것이다.

오늘은 시간, 공간, 인간을 삼간(三間)이라 명명하고 붓으로 시공인간(時空人間) 네 글자를 옛 글씨체로 써보았다.

낯선 시(旹) 자는 시(時)의 갑골문 형태다. 시(旹) 자의 윗부분 지(㞢)는 지(之)의 고형으로 '간다'는 뜻이고, 아랫부분은 일(日)로 태양을 나타낸다. 곧 시간이란 개념은 '태양의 운행'에서 비롯되었는데, 나중에 '헤아리다'는 뜻의 촌(寸) 자가 덧붙어 시(時)가 탄생한 것이다. '태양의 운행을 헤아린다'는 뜻이다.

공(空) 자의 윗부분은 '굴'을 뜻하는 혈(穴)이고, 아랫부분은 이 글자의 음을 표시하는 공(工)이다. 공간이란 전후좌우의 넓이에 높이를 더한 3차원의 개념이다. x, y 평면좌표에 h라는 높이좌표를 더하면 완벽한 공간 개념이 선다. 광년을 들이대지 않더라도 정녕 무한한 공간이다.

인(人)의 갑골문 형태를 보면 팔을 드리우고 직립하고 있는 사람의 측면 모습이다. 인간은 대지를 굳게 딛고 서서 머리는 하늘로 두고 팔의 자유를 얻는 순간부터 문명의 급속한 발달을 가져왔다.

마지막으로 간(間)의 원형은 대문 위에 뜬 달의 모습인데, 실은 대문 틈새로 비집고 들어오는 달빛의 의미에서 '틈새', 곧 '사이'라는 의미를 갖게 되었다.

인간은 시간과 공간에 비할 바가 못 될 정도로 생이 짧고 몸은 작다. 하지만 생각하는 동물, 호모사피엔스다. 생각 끝에 시간, 공간, 인간을 함께 삼간(三間)이라 명명한다.

인간이여, 그대가 어차피 피할 수 없는 시간과 공간이라면 그 시간 즐겁고, 그 공간 아름답게 꾸려나가길……

오늘은 질병(疾病)과 관련한 한자를 진찰하고 또, 처방해보고자
한다.

질병(疾病)에 속하는 모든 글자에는 '병들어 기댈 녁(疒)'이 붙어
있다. 녁(疒)은 '평상 장(爿) + 사람 인(人)'으로 이루어진 글자다.
여기서 환자의 침대부터 살펴보자. 나무 목(木)을 왼손에 잡고 오
른손으로 쪼아대면 왼쪽은 평상 장(爿)이 되고, 오른쪽은 조각 편
(片)이 된다. 평상 장(爿)으로는 침대(寢臺), 평상(平牀), 병상(病
牀), 담장(-牆) 등을 만든다. 모두 장(爿)이 들어 있지 않은가. 녁
(疒)은 바로 아픈 사람이 병상에 누워 있는 모습이다. 인(人)을 두
(亠)로 바꾸어 쓰고 있는데, 본인이 앓고 있는 병의 원인을 본인

이 깔고 누워 있는 형국이다.

지금부터는 글자를 보고 환자가 어떤 질병을 앓고 있는지 알아보기로 한다. 질병(疾病)의 질(疾)은 글자의 모양으로 볼 때 화살 시(矢)를 깔고 누운 것으로 보아 몸 밖에서 들어온 질병을 앓고 있고, 병(病)은 '안에서 나올 병(丙)'으로 보아 몸 안에서 생긴 질병을 앓고 있는 모습이다. 다시 말해 疾은 외상이고 病은 속병이다. 그런데 화살에 맞거나 칼에 베이면 그 외상에 의한 질병으로 빨리 죽는 수가 많다. 그래서 질주(疾走)라는 말에서 보듯이 疾은 '빠를 질(疾)'의 의미로 확장된다. 질환(疾患), 병원(病院), 동병상련(同病相憐), 생로병사(生老病死), 무병장수(無病長壽)가 있다. 우리말 '앓다, 아이고, 아야, 아프다, 아픔' 등은 모두 어원을 같이 하고 있는 것으로 판단된다. 아픔에서 오는 탄성 /아!/를 공유하고 있다.

구제역(口蹄疫)은 사전에 '소나 돼지 따위의 동물이 잘 걸리는, 전염성이 강한 바이러스 병'으로 풀이하고 있는데, 입 구(口)와 발굽 제(蹄)로 보아 입과 발굽에 생기는 질병임을 알 수 있다. 전염병 역(疫)은 돌림병이다. 몽둥이 수(殳)를 깔고 누워 있는 것으로 보아 급히 물리쳐야 할 대상이다. 발굽 제(蹄)는 '발 족(足) + 임금 제(帝)'다. 제(帝)는 무기 신(辛)을 묶어놓은 모습으로 임금의 힘을 보여준다. 소나 말의 힘은 발굽에서 나온다. 홍역(紅疫), 방역(防疫), 면역(免疫)이다.

끔찍한 욕으로 '지랄염병'이 있는데, '지랄'은 간질(癎疾)을, '염병(染病)'은 장티푸스를 가리킨다. 간질 간(癎)은 사이 간(間)으로 보아 공간(空間)을 구분하지 못하고 발작하는 것이며, 염병은 물들일 염(染)으로 볼 때 본인도 모르게 슬쩍 감염되는 전염병(傳染病)이다.

고질(痼疾)의 고질 고(痼)에는 환자가 군을 고(固) 자를 깔고 누워 있다. 따라서 고질은 병균이 고착(固着)하고 있기 때문에 고치기 어려운 병이다. 그나마 자연에 미친 연하고질(煙霞痼疾)은 천만다행(千萬多幸)이다.

치매(癡呆)의 어리석을 치(癡)에는 환자가 의심할 의(疑) 자를 깔고 누워 있다. 따라서 치매는 매사에 의문(疑問)이 없으니 정신병의 일종이다. 아는 것에 탈이 난 치(痴) 자는 치(癡)의 속자다.

도벽(盜癖)과 같은 묘한 병도 있다. 버릇 벽(癖)에 걸리면 벽(壁)에 부딪힌 인생이다. 하자(瑕疵)는 즉시 보수해야 한다. 여기의 흠 자(疵)를 보면 이곳[此차]에 흠이 있다고 지적해주고 있다.

피곤할 피(疲)를 보면 피곤함은 피부(皮膚)에 나타난다. 특히 쌍꺼풀이 천만근이다. 피곤하면 스트레스가 쌓이고, 스트레스는 만병의 근원이니 조심할 일이다.

병이 나기 전에는 증세(症勢)가 있다. 증세가 나타나면 즉시 바로잡을[正정] 것을 명령하고 있는 글자가 증세 증(症)이다. 때를 놓치면 통증(痛症)이 생기나니 대처방안으로는 통할 통(通) 자다. 기맥이 상통해야 통증을 없애고 원기를 회복할 수 있다. 진통(陣痛)·산통(産痛)·고통(苦痛)은 참으나, 집 안에 토끼가 갇힌 모양의 원통(寃痛)만은 통탄(痛歎)하고 통곡(痛哭)할 일이다.

뜻밖에 몸에 생긴 병이나 사고를 가리키는 말에 '탈날 탈(頉)'이 있다. 원래 탈(頏) 자는 턱 이(頤) 자와 동자였으나, 여기서는 우리식 한자로 사용하고 있다. 탈(頏)은 '그칠 지(止) + 머리 혈(頁)'의 구조로 볼 때 두뇌 활동이 원활하지 않을 정도로 머리가 아픈 병이라 할 수 있다

'입춘 추위에 장독 얼어 터진다'느니, '입춘 추위는 꾸어서라도 한다'라는 속담이 있다. 환절기에 걸리기 쉬운 감기(感氣)는 바깥의 기(氣)에 감염(感染)된 상태로, 이 자체가 질병은 아니지만 스트레스처럼 모든 질병의 뿌리는 될 수 있으니 조심하고 피할 일이다.

부귀는 은이지만 건강은 금이다. 혹여 혹한과 같은 질병이 엄습해 올지라도 더한 정신력으로 잘 극복해나가자. '병에는 장사 없다'는 말과 '병 만나기는 쉬워도 병 고치기는 힘들다'는 속담이 있지만, 〈보왕삼매론(寶王三昧論)〉의 첫 구절이 좋은 처방이 될 것이다.

> 몸에 병 없기를 바라지 말라. 몸에 병이 없으면 탐욕이 생기기 쉽나니 그래서 성인께서 말씀하시되, '병고(病苦)로써 양약(良藥)을 삼으라' 하셨느니라.

사람을 만나 인사를 하게 되면 처음에 얼굴을 보고, 다음으로 이름을 묻거나 명함을 교환하며, 관심이 있으면 취미나 성격 등의 정보를 교환하게 된다. 마찬가지로 새로운 한자를 만나면 처음에 모양을 보고, 다음으로 음을 확인하며, 관심이 있으면 뜻까지 캐게 된다. 이를 한자의 3요소라 한다.

겨울에 해당하는 한자는 '겨울 동(冬)'이다. 冬이라는 글자는 첫째, 모양이 있고 둘째, /동/이라는 음이 있으며, 겨울이라는 뜻을 지니고 있다. 그러면 완벽한 공부가 된 것이다. 이쯤 되면 나는 冬 자를 쓸 줄 알고, 읽을 줄 알고, 뜻도 안다고 당당하게 얘기할 수 있다.

그럼 冬의 모양을 살펴보자. 冬은 '뒤쳐 올 치(夂)'에 '얼음 빙(冫)'이 밑에 붙어 있는 모양이다. 夂치는 '천천히 걷다'라는 의미가 있다. 夂 속에 숨어 있는 人인 자가 인다. 뒤에서 잡아당기는 모습이니 천천히 걸을 수밖에 없다. 재미있는 사실은 갑골문과 금문의 冬 자 모습을 보면 지붕을 꽁꽁 묶고 양쪽 끝에 돌을 매달아 놓은 형상이다. 초가지붕이 세찬 겨울바람을 이기기 위해서는 당연히 잘 묶어둬야 한다.

다음은 冬의 음, 곧 발음 공부를 해보자. 冬의 발음은 /동/이다. 추우니 발을 /동동/ 구른다. 추위에 얼어 죽지 않기 위해서는 부단히 움직여야 한다. 그래서 '움직일 동(動)' 자 동동(動動)이다. '얼음 빙(氷)' 위에서는 미끄러워 /빙빙/ 돌기 쉽고, '눈 설(雪)' 위에서는 다치지 않기 위해서 /설설/ 기듯 조심스레 걸어가야 한다.

추우면 '동굴 동(洞)' 자 동굴(洞窟)로 들어갈 수도 있다. 동절(冬節)에는 '얼 동(凍)' 자 동사(凍死)하기 쉬우니 살자고 하면 별 수 있을까.

놀랍게도 /동/이라고 발음하는 한자에는 동굴처럼 속이 빈 글자가 많다. 예컨대 대의 마디마디는 모양이 거의 같고 그 속이 비어 있다는 데에서 '같을 동(同)' 자를 만들었다. 악기 만드는 재료로 쓰이는 '오동나무 동(桐)'도 속이 비었으며, '구리 동(銅)' 역시 보일러 시설을 할 때는 동 파이프로 만들어 사용하니 그 속이 비어 있다. 비슷한 발음으로 필통(筆筒)이라고 할 때의 '대롱 통(筒)'도 속이 비어야 필통으로 사용할 수 있다. '통 통(桶)'은 본래 나무로 만든 통이었다. 휴지통(休紙桶), 양철통(洋鐵桶)이 있다. 만약 통의 밑둥까지 뚫리면 '통할 통(通)'이 되는 것이다. 유통(流通), 통신(通信)이다.

겨울은 한 해의 끝이다. 그래서 끝을 뜻하는 '(終)'에 冬이 붙어 있다. 오늘은 이쯤에서 마칠 종(鐘)을 쳐야겠다.

화란춘성(花爛春城)하고 만화방창(萬化方暢)이라.

때 좋다 벗님네야, 산천경개(山川景槪)를 구경을 가세.

작자 미상의 〈유산가(遊山歌)〉는 이렇게 시작한다. 봄이 오자 성
안에는 꽃이 만발하여 화려하고, 만물은 바야흐로 기지개 켜고
자라나누나. 화창한 이때를 놓칠세라 친구를 불러 산천 경치를
구경 가자는 노래이다.

봄 경치의 특징은 아무래도 꽃 화(花)에 있다. /화/라고 발음할
때의 입 모양의 변화는 꽃이 피는 모습과 비슷하다. 《훈민정음 해
례》에서는 'ㅎ은 후음(喉音)이니 여허자 초발성(如虛字初發聲)이

라' 했다. ㅎ은 목소리이니 허(虛) 자의 첫소리와 같다는 뜻이다. ㅎ은 가슴 깊은 곳의 따스한 기운이 목을 스치며 나오는 소리로, 오행으로 보면 겨울에 해당한다. /ㅘ/는 꽃봉오리처럼 둥글고 작게 벌린 입술 모양의 /ㅗ/에서 꽃잎이 피어나는 듯한 입 모양의 /ㅏ/까지 이어지며 나오는 소리다.

/화/ 음에 해당하는 글자에는 빛날 화(華), 꽃 화(花), 벼 화(禾), 그림 화(畵), 화목할 화(和), 말씀 화(話), 재화 화(貨), 변화할 화(化), 불 화(火), 재앙 화(禍) 등이 있고, 이들은 의미상 긴밀한 관계를 유지하고 있다. 한 자 한 자 발음을 연상해보면 한자도 원초적으로는 소리글자임이 확인된다. 음이 같으면 뜻도 서로 통하게 되어 있다.

꽃을 의미하는 글자는 원래 꽃 화(華)였는데 화(花) 자가 그 자리를 대신하고, 이 글자는 그 뜻이 빛날 화(華)로 바뀌었다. 빛나는 결혼식은 화혼(華婚), 빛나는 회갑은 화갑(華甲)이다. 들에서 빛나고 아름다운 것은 벼 화(禾)이고, 종이 위에서 빛나고 아름다운 것은 그림 화(畵)다. 입에 먹을 것이 들어가야 마음에서 화목할 화(和)가 싹트고, 그래야 입에서도 고운 말씀 화(話)가 나온다.

인간이 만들어놓은 조화 중에 가장 아름다운 꽃은 돈이다. 여기에서 화폐(貨幣)라고 할 때의 재화 화(貨)가 나온다.

꽃 화(花)의 근본 속성은 변화할 화(化)에 있다. 풀 초(艹)가 변하여 꽃 화(花)가 되는 것은 자명하다. 꽃이 아름답지만 거침없이 자신을 버릴 때 아름다운 열매를 맺을 수 있다. 견줄 비(比)는 두 사람이 나란히 서 있는 형상이지만 '변화할 화, 될 화(化)'의 전서 모양은 그중 한 사람이 고꾸라진 모습이다. 비수 비(匕)를 맞아 변화한 것이다. 사람도 과일도 비수(匕首)를 맞으면 쉬이 변한다. 비(匕) 자를 숟가락 시(匙)의 원형으로 보는 이도 있다.

꽃 화(花)와 불 화(火)는 붉다는 점에서 똑같다. 불도 꽃이다. 그래서 불꽃이라 한다. 빛 광(光)은 '화(火) + 인(儿)'으로 이루어진 글자로 소중한 불씨를 머리에 이고 있는 사람의 모습이다.

화창한 봄날엔 전통적으로 화전(花煎)놀이가 인기 있었다. 그러나 산불을 조심할 일이다. 자칫 잘못하면 화마(火魔)를 피할 수 없다. 이것이 재앙 화(禍)의 근원이다. 산불에 대한 경계심을 불러일으키기 위한 명절이 찬밥으로 하루를 보내는 한식(寒食) 날이다. 화목(和睦)을 위해 산에 올랐다가 홧(火)김에 화(禍)를 입을 수 있으니 조심할 일이다. 가화만사성(家和萬事成) 찾다가 가화만사패(家禍萬事敗)하기 일쑤다. 재앙 재(災)에도 위에는 물난리, 아래에는 불난리다.

보춘삼화
報春三花

아침에 일어나 쪽을 씻으면 낯이 나타나고, 낯을 닦으면 얼굴이 드러난다. 쪽보다는 낯이 낫고, 낯보다는 얼굴이 제격이다. 낯을 얼굴로 만들기 위해 뇌를 맑게 하는 정뇌호흡을 한다. 호흡은 맑은 피를 낳고, 맑은 피는 밝은 얼을 낳는다.

눈과 귀를 열고 문밖을 나선다. 순간 봄이 오는 소리가 굉음처럼 들려온다. 꽃봉오리가 터지는 소리, 새싹이 돋아나는 소리가 어울려 '보춘(報春)'이라는 주제의 그랜드 오케스트라 연주를 이룬다. 부드러운 음은 두텁고 단단한 땅을 뚫고 터져 나오면서 드럼과 심벌즈 소리를 낸다. 무수한 봄 햇살은 대지를 향하여 씨웅씨웅 날아와 꽂히면서 현란한 현악기 소리를 낸다.

그래, 봄이다. 완연한 봄이 기어코 오고 말았다. 이 땅에 봄을 알리는 꽃으로 세 가지가 있으니 개나리, 진달래, 벚꽃이 그것이다. '보춘삼화(報春三花)'라고 이름 붙여본다. 보춘삼화가 흐드러지게 피면 흑제(黑帝)는 물러가고 청제(靑帝)가 세상을 다스리기 시작한다. 꽃이 나무를 감싸면 나뭇가지는 눈에 잘 들어오지 않는다. 이런 때에 나무 밑에 살포시 들어가보면 나무마다 봄의 궁궐을 이루고 있다.

춘궁기(春窮期)를 보내던 어린 시절이 있었다. 그나마 춘궁(春窮)을 이길 수 있었던 것은 봄꽃이 이룬 궁궐, 춘궁(春宮)의 화려함을 보면서 위로를 받을 수 있었기 때문이리라. 거리마다 울타리마다 산기슭마다 보춘삼화의 야외 갤러리가 펼쳐진다.

길가나 언덕에 줄지어 서서 노랑 종을 울리며 봄을 맨 먼저 맞이하는 꽃은 개나리다. 그래서 개나리는 한자어로 '영춘화(迎春花)'라고 한다. 번역하면 '봄맞이꽃'이라고 할 수 있겠다. 봄이 왔음을 알리기 위해 개나리는 노란빛의 작은 종들을 딸랑딸랑 울린다. 개나리의 영어 이름도 재미있다. 'golden bell'이다. 통꽃으로 생긴 개나리는 그야말로 색깔과 모양으로 볼 때 영락없는 황금 종(鐘)이다. 금빛 찬란한 종으로 장식한 새장 모양의 개나리는 새봄의 희망을 속삭여준다. 불꽃놀이 하듯 황홀하게 피었다가 언제 지는지도 모르게 저버리는 개나리.

'참꽃'에 대한 '개꽃', '참두릅'에 대한 '개두릅', '참가죽'에 대한 '개가죽'의 예처럼 '참나리'에 대비되는 꽃은 '개나리'다. '개'라는 접두사가 붙어서 어감으로 보면 '개나리'는 '참나리'나 '미나리'에 비해 질이 떨어지는 것처럼 느껴진다. 그 수효가 너무나 많아서일까. 내 생각에는 '가히 〉가이 〉개'의 예에서 보듯이 '가히나리 〉가이나리 〉개나리'의 변화를 겪지 않았을까 한다. 여기의 '개'의 의미는 '가까이'의 의미가 아닐까. 왜냐하면 개는 동물 중에서, 개나리는 꽃 중에서 우리와 가깝게 지내기 때문이다. 이 개나리의 원산지가 한국이라니 더욱 정감이 간다.

다음으로 한라에서 백두까지 대한의 봄을 알리고자 작은 키를 발돋움하며 이 땅을 진분홍빛으로 물들이는 꽃은 진달래다. 미주나 유럽에서 온 외국인에게 '진달래를 영어로 뭐라고 부르느냐?'라고 물어보면 그들은 잘 모른다. 진달래가 없거나 흔하지 않기 때문이리라. 영어 사전을 찾아보니 'azalea'라고 표기되어 있다. /어질리어/로 발음되는데, 과연 진달래꽃을 뚫어지게 바라보고 있노라면 '어질어질' 현기증을 느끼게 된다.

진달래의 꽃말은 '사랑의 희열', '신념', '절제'다. 사랑의 색깔은 아무래도 분홍색이 제격이다. 사랑의 기쁨을 온 세상에 알리고자 나팔처럼 생긴 관악기를 빽빽 불고 있는 진달래의 자태. 그러나 진정한 사랑의 감정과 희열을 오래 간직하기 위해서는 '신념'과 '절제'가 꼭 필요하다. 과유불급(過猶不及)이요, 지나치면 후회막급(後悔莫及)이다.

진달래에는 아름다운 꽃말과는 달리 슬픈 전설이 내려오고 있다. 옛날 중국 촉(蜀) 나라 임금 두우(杜宇)가 억울하게 죽어 그 넋이 두견새가 되고, 그 두견새가 울면서 토한 피가 '두견화(杜鵑花)'로 변했다고 한다.

한편 우리나라 전설도 있다. '진' 씨 나무꾼과 한 선녀가 사랑하여 '달래'라는 예쁜 딸을 낳았는데, 달래는 사또의 첩 요청을 거절하다 죽음을 당하게 된다. 이에 나무꾼도 딸을 부둥켜안고 울다가 그 자리에서 죽는데, 달래의 시체는 온데간데없고 나무꾼의 시체에서는 빨간 꽃이 피어 그 자리에 무덤을 만들었단다. 아버지의 성에 딸의 이름을 붙여 '진달래'라고 부르게 되었다는 것.

끝으로 나무의 옷인 잎을 하나도 걸치지 않은 채 벗고 피는 꽃 벚꽃, 그래서 우리말로 벚꽃은 '벗꽃'이라 표기해야 맞을 듯하다. 벚꽃의 영문 표기는 'cherry blossoms'이다. 서양 벚꽃은 달콤한 열매 때문에 'sweet cherry'라 부른다. 벚꽃은 귀여운 계집아이가 앵앵거리는 것처럼 앙증스러워 보였는지 한자어로는 '앵화(櫻花)'라고 한다. 앵화(櫻花)는 '앵두나무 꽃'을 뜻하기도 하는데, 이는 꽃 모양이 닮았고, 버찌와 앵두도 서로 비슷하게 생겼기 때문이리라. 또한 벚나무가 앵도과(櫻桃科)에 속하기도 한다.

벚꽃의 꽃말은 '아름다운 정신', '뛰어난 미모'다. 벚꽃처럼 '아름다운 영혼'으로 폼을 잡자. 이 봄날에 우리 국회도, 우리 경제도, 우리 사회도 겉모습이나 물량주의보다는 아름다운 영혼으로 폼을 잡았으면 한다.

봄은 물이 오르는 계절이다. 바람아, 불어라. 봄바람아, 일어라. 보춘삼화(報春三花)가 다 질지언정……. 꽃이 무척 아름답지만, 꽃을 버려야 귀한 열매를 얻을 수 있음을 우리는 알고 있다.

굼벵이의 우화등선

羽化登仙

매미는 한자로 선(蟬)이다. '벌레 충(虫)'에다 '홑 단(單)' 자가 어우러진 글자다. 단(單) 자에 대한 어원으로는 '싸움 전(戰)' 자에서 보듯이 끝이 갈라진 나무막대기[干간] 끝에 돌[口구] 두 개를 달아놓은 무기라는 설이 지배적인데, 나는 매미의 상형으로 본다. 워낙 시끄러우니까 두 눈 대신에 입 구(口) 자 두 개를 붙여놓은 것이다. 입 구(口) 자 두 개를 합하면 '시끄러울 훤(吅)' 자가 된다. 참선의 의미가 있는 선(禪) 자를 보면 하늘의 계시[示시]를 받으려고 매미[單단]처럼 면벽하고 앉아 있는 수도자의 모습을 연상케 한다.

신선 선(仙) 자, 선인(仙人)은

매미 선(蟬) 자, 선익(蟬翼) 달고

우화이등선(羽化而登仙) 하고

착할 선(善) 자, 선인(善人)은

먼저 선(先) 자, 선인(先人) 따라

선행(善行)을 선양(宣揚)하며

선방(禪房)의 승려들은

나뭇가지의 매미 선(蟬)처럼

면벽(面壁)하고 참선(參禪)일세.

임금도 때가 되면

왕위를 선양(禪讓)하고

당선인(當選人)도 때가 되면

자리에서 물러나니

국민과 선연(善緣) 맺기

게을리해선 안 된다네.

선머슴 같은 이내 몸은

배 선(船) 자, 선상(船上)에서

부채 선(扇) 자, 선자(扇子) 들고

선선한 바람이나 맞으니

무엇을 선망(羨望)하랴,

선경(仙境)이 따로 없네.

인간도 옆구리에 날개가 돋아 하늘로 올라가 신선이 되는 꿈을

꾸었으니, 이를 우화등선(羽化登仙)이라 하겠다. 이 말은 달밤에
벗들과 뱃놀이하면서 읊은 소동파(蘇東坡)의 〈전적벽부(前赤壁
賦)〉에 나온다.

飄飄乎(표표호)

如遺世獨立(여유세독립)

羽化而登仙(우화이등선)

가벼이 떠올라

속세를 버리고 홀로

날개 돋아 신선되어 하늘에 오르는 듯하구나.

매미는 우화등선(羽化登仙) 이후 한 달을 못 살고 생을 마감한다.
짧은 기간에 수놈은 암놈과 짝짓기 하고 죽고, 암놈은 나뭇가지
에 알을 낳고 죽는다. 알고 보니 그 요란한 소리는 벙어리 암놈을
유혹하기 위한 수놈의 노래란다. 한 놈이 소리를 하면 주변의 많
은 놈이 따라 부르는데, 암놈을 위한 수놈의 대합창이 매미 외에
또 있을까. 종족 번식을 위한 사랑의 오케스트라라고 할까. 아니
면 짧은 성충 생애에 대한 한탄의 노래일까.

'선부지설(蟬不知雪)'이란 말이 있다. 매미는 눈을 알지 못한다는
말이다. 눈이 내리기 전에 짧은 생을 마감하기 때문이다. '당랑포
선 황작재후(螳螂捕蟬黃雀在後)'라는 성어가 있다. 사마귀가 매
미를 잡아먹으려 하는데 참새가 그 뒤에 있다는 말이다. 참새도

마음 놓을 일이 아니다. 포수가 뒤에서 총을 겨누고 있을지도 모를 일이다. 약자를 건드리면 그 뒤에 더 강자가 도사리고 있음을 명심해야 한다. 눈앞의 욕심에만 눈이 어두워 덤비다가 보면 결국 큰 해를 입게 된다.

하루살이에게는 내일이 없고, 매미에겐 내년이 없다. 그렇다면 우리에겐 내세가 없다는 말인가.

여름과 벼 이야기

하루에는 낮과 밤이 갈마들고 인생에는 희(喜)와 비(悲)가 갈마들 듯 여름철에는 더위와 장마가 갈마든다. 대지의 헐떡이는 불볕더위를 순간에 잠재울 수 있는 것은 하늘이 쏟는 시원한 빗줄기다. 더위와 빗줄기, 이 둘은 삼라만상의 젖줄이다. 그중에서도 특히 논의 벼에게는 더없이 소중한 이중주다.

그리하여 '벼 화(禾)' 자 얘기를 풀어볼까 한다. 화(禾)의 갑골문이나 전서를 보면 한 포기의 잘 익은 벼의 모양이다. 탱글탱글 잘 익어 고개 숙인 벼 이삭, 볏잎, 대궁, 뿌리까지 분명하게 나타나 있다. 벼가 주는 최고의 교훈은 '벼 이삭은 익을수록 고개를 숙인다'는 속담이다. 아니면 지금까지 자신을 지켜준 땅에 대한 감사의 인사일까.

벼는 오곡(五穀)의 대표다. 그리하여 곡식 곡(穀)의 부수도 화(禾)다. 곡(穀)은 껍질 각(殼)에서 발음이 왔다. 껍질을 벗기기 위해서는 빻거나 두들겨야 한다. 그래서 '치다'는 의미의 몽둥이 수(殳)가 붙어 있다. 곡식(穀食), 곡물(穀物), 갑각류(甲殼類), 지각변동(地殼變動) 등이다.

고구려 2대 유리왕이 지은 〈황조가(黃鳥歌)〉의 배경설화에 왕이 사냥을 나간 사이 '꿩 치(雉)' 자의 치희(雉姬)가 '벼 화(禾)' 자의 화희(禾姬)에게 사랑싸움에서 패하고 떠나는 장면이 나오는데, 이를 두고 이 땅에 수렵시대가 끝나고 농경시대가 왔다고 평하기도 한다. 이로 보면 적어도 이 땅의 벼 심기는 2천 년은 족히 넘었을 것이다.

벼를 탈곡하여 껍질을 벗기면 '쌀 미(米)'가 된다. 벼를 경상도 사투리로는 '나락'이라고 하는데 이는 '낟알'의 의미와 상통하고, 쌀은 우리식 한자로 '쌀(米)'로 쓴다. 쌀밥은 우리의 주식이다. 김이 물씬 나는 쌀밥 한 숟가락에 김치라도 걸치면 연신 목구멍에 도리깨침이 넘어가는 소리가 들린다.

속설에는 88번 손을 거쳐야 쌀이 탄생하므로 '팔십팔(八十八)'을 엮어 '미(米)' 자를 만들었다고 한다. 절묘한 해석이다. 88세를 일컬어 미수(米壽)라고 하는 것도 같은 이치다. 기실 미(米)의 갑골문 모양은 벼를 터는 큰 나무막대를 중심으로 사방에 흩어져 있는 볍씨의 모습이다. 전서에서부터 막대기가 열 십(十) 자로 바뀌어 오늘날의 글자 모습이 나온다. 지금 중국에서는 쌀을 대미(大

米), 조를 소미(小米)라 한다. 그리고 소리를 취하여 미터(m)를 미(米)로 쓰니, 100미터는 곧 백미(百米), 1킬로미터는 천미(千米)다.

뽀얀 쌀을 미(米)라고 발음하니 얼마나 이쁘고 미더운가. 아름다울 미(美)도 맛 미(味)도 같은 발음이다. 백미(白米), 현미(玄米), 미곡(米穀), 미반(米飯)이 있다.

껍질이 벗겨지지 않은 상태의 알곡은 '벼 도(稻)'라고 한다. 도(稻)의 갑골문은 벼를 키질하여 큰 그릇에 담는 모양이고, 금문에는 깃발[旗기]이 등장하는데 이는 바람을 이용하여 벼를 까부는 모습이다. 발음 /도/는 칼 도(刀)나 찧을 도(搗)처럼 벼의 껍질을 벗기기 위해 빻거나 찧는 소리를 흉내 냈다. 밟거나 뛰는 동작도 '밟을 도(蹈)'다. 올벼는 조도(早稻), 늦벼는 만도(晩稻), 볏잎에 반점이 생기는 열병은 도열병(稻熱病), 논에 자라고 있는 벼를 세워둔 채 미리 돈을 받고 팔면 입도선매(立稻先賣)이다.

볍씨를 선택하는 방법은 '씨 종(種)' 자에 답이 나와 있다. 볍씨를 물에 담가 쭉정이는 건져내고 무거운[重중] 것만으로 새싹을 틔워 못자리를 만들고 모내기를 한다. 예로부터 모내기는 하지(夏至) 전후가 적기라고 했다. 그만큼 벼는 햇빛을 좋아한다.

벼 화(禾) 자가 들어가서 나쁜 글자는 없다. '화(禾) 자 타령' 한 곡
조를 들어보자.

볍씨만은 실한 놈으로 - '볍씨 종(種)',

모두 모여 모 옮기세 - '옮길 이(移)',

여긴 내 논, 저긴 네 논 - '일컬을 칭(稱)',

모를 심되 세워 심세 - '모 앙(秧)',

피란 놈은 뽑아주세 - '피 패(稗)',

벼란 놈이 잘 자라면 - '빼어날 수(秀)',

늘어진 이삭 은혜롭다 - '이삭 수(穗)',

벼가 익어 고개 숙이면 - '대머리 독(禿)',

낫을 갈아 벼를 베세 - '날카로울 리(利)',

이삭 하나 흘리지 말고 - '거둘 색(穡)',

기분 좋게 벼를 베세 - '벼 벨 확(穫)',

한 포기 잡으면 - '잡을 병(秉)',

두 포기 잡으면 - '겸할 겸(兼)',

가을 햇살에 잘 말려서 - '가을 추(秋)',

화목하게 탈곡하세 - '화목할 목(穆)',

까끄라기 조심하소 - '까끄라기 묘, 초 초(秒)',

볏짚은 말려 소 먹이세 - '볏짚 고, 원고 고(稿)',

찧어야 먹을 수 있지 - '벼 도(稻)',

또랑또랑 알 나온다 - '쌀 미(米)'

바라는 건 풍년이나 - '드물 희(稀)',

말로 할 땐 언제나 - '겸손할 겸(謙)',

추수 감사하러 가세 - '길 정(程)',

곡식 신은 직신일세 - '오곡 신 직(稷)',

벼로써 받든 나라 - '나라 진(秦)',

말로 되어 세금 내세 - '과정 과(科)',

무슨 세금 또 나오냐 - '구실 조(租)',

이왕 낼 거 기꺼이 내세 - '세금 세(稅)',

남는 것으로 익혀나 보세 - '향기 향(香)',

도둑맞으면 곤란하다 - '숨길 비(秘)',

부족하면 다른 것 있으니 - '기장 서(黍)',

한술 떠서 입에 넣으면 - '화할 화(和)',

벼 없이는 나도 없네 - '사사 사(私)'로다.

얼씨구~ 잘헌다.

* 사직(社稷): 땅의 신은 사(社), 곡식의 신은 직(稷).

화목할 목(穆)의 갑골문은 벼가 익어 이삭이 떨어지는 모습이다. 오른쪽의 백(白)은 이삭, 소(小)는 떨어지는 알곡, 삼(彡)은 바람이다. 벼를 추수하여 말리고, 바람을 일으켜 탈곡하는 모습이다. 화목(和睦)이라 할 때의 화목할 목(睦)은 눈[目목]으로 언덕[초륙] 을 바라볼 여유를 가질 때 비로소 화목해질 수 있다는 의미이다. 발음은 목(目)에서 왔다.

과학(科學)이라 할 때의 과정 과(科)는 '말[斗두]로 벼의 분량을 되 다'가 본뜻으로 나중에 '조목', '등급' 등의 뜻도 가지게 되었다. 과 학은 말로 벼를 되듯 정확해야 한다. 벼의 등급을 매긴 다음에 할 일은 조세(租稅) 납부다. 세금 조(租)의 '또 차, 장차 차(且)'는 벼 를 차곡히 쌓아서 나라에 바치라는 뜻이고, 세금 세(稅)의 기쁠 태(兌)는 벼를 기분 좋게 바치라는 뜻이다.

비밀(秘密)의 숨길 비(秘)와 빽빽할 밀(密)의 공통점은 반드시 필 (必) 자가 들어 있다는 사실. 필(必)의 갑골문 자형을 보면 두(斗) 와 흡사한데, '긴 자루가 달린 도량형기'다. 여기에서 '비밀은 반드 시 지키라'는 것과 '도량형기처럼 정확히 지키라'는 두 가지 지혜 를 일깨워주고 있다.

향기(香氣)라고 할 때의 향기 향(香) 자의 밑에는 왈(曰)이 붙어

136

있다. 이는 입[口구] 안에 혀[一일]가 보이는 왈(曰)이 아니라 '발 없는 솥'의 상형이었다. 그러므로 최고의 향(香)이란 '솥에서 밥이 끓는 냄새'라고 할 수 있다. 구수한 밥 냄새보다 더 좋은 향기가 어디 있으랴.

기실 향(香) 자는 본디 '기장 서(黍) + 구(口)'였다. 기장은 요즈음 보기가 쉽지 않지만 오곡의 하나로 벼과에 속하며, 달콤한 향기가 좋아서 술·떡·엿 등을 만들어 먹었다. 향취(香臭), 방향(芳香), 향수(香水), 국향(國香)이다. 은은한 난향(蘭香)이나 진한 커피 향까지도 좋다. 하지만 향기 나는 미끼라고 덥석 물다가 죽는 고기 있음을 잊어서는 안 된다.

인간을 움직이는 두 축인 '이름 명, 명예 명(名)'과 '날카로울 리, 이로울 리(利)'를 합쳐서 명리(名利)라고 한다. 명(名)에는 어두움[夕석]이 짓누르고 있음을, 리(利)에는 매서운 칼날[刂도]이 옆구리에 자리하고 있음을 간과해서는 안 될 일이다. 이익(利益), 이자(利子), 어부지리(漁父之利), 감언이설(甘言利說), 이해득실(利害得失), 견리사의(見利思義)다.

여름 석 달이 벼에게는 절대적으로 중요한 계절이다. '가을 추(秋)' 자를 보면 벼는 가을에도 불과 같이 따뜻한 햇볕을 필요로한다. 그러나 추(秋) 자의 갑골문 형태는 복잡한 가을 추(龝)였는데, 볏잎에 벼메뚜기가 붙어 있는 모양이다. 우리 선조는 메뚜기도 잡아먹고 벼도 추수해 먹었으니 가을에는 그럭저럭 먹을거리가 풍족했음을 알 수 있다. 구(龜)에서 /추/라는 발음이 왔다.

여름은 더워서 좋고, 겨울은 추워서 좋다. 여름은 오곡백과를 성숙하게 하고, 겨울은 땀 흘려 일한 그들에게 안식을 준다. 성숙과 안식이 번갈아 가며 나이테를 만드는 게 아닌가.

때마침 한줄기의 소나기가 대지를 때린다. 하늘의 대지 사랑이 없다면 무슨 맛으로 여름을 날까. 지금쯤 고향집 앞 논둑에는 토끼풀이 무성히 자라 하얀 별들을 토해내고 있을 것이다.

인류 4대 문명은 모두 물과 더불어 발생하였다. 인간사회의 작은 단위인 마을도 물 없이는 형성될 수 없었다. 그래서 마을 동(洞) 자에는 동굴 모양의 동(同) 자 앞에 수(氵)가 붙어 있는 것이다. 지구의 4분의 3이 물로 뒤덮여 있고, 우리 몸의 3분의 2를 물이 차지하고 있다. 신화에서 물은 창조의 원천·풍요·생명력 등을 상징하고, 무속(巫俗)과 민속(民俗)에서 물은 생산력, 정화력을 발휘하는 것으로 파악되고 있다. 종교적으로도 물은 마음과 영혼(靈魂)을 씻어주는 중요한 의식에 사용되고 있다.

물은 순환한다. 순환하며 생명을 살리고 있다. 물을 뜻하는 수(水)의 최초 상징적인 형태는 아마도 팔괘(八卦)에서 찾을 수 있다. 태극기의 건곤리감(乾坤離坎) 중에서 감(坎)괘가 물에 해당한다. 감괘는 두 개의 음[--] 사이에 하나의 양[—]을 가운데 끼워놓은 형상이다. 감괘를 세워놓으면 수(水) 자와 비슷하게 되는데, 가운데 긴 획은 물의 흐름이 빠르기 때문이고, 양편의 두 점은 각각 물의 흐름이 느린 것을 본뜬 것이다. 양은 가운데 하나지만 음은 양쪽에 두 개이므로 음이 강하다. 따라서 물이 음의 방향인 아래쪽으로 흐르는 것은 당연하다. 음 사이에 양이 삽입되어 수(水)가 되는 이치는, 물을 창조의 원천으로 보는 데 이견의 여지가 없다. 재미있게도 물이 흘러 천(川)이 되었을 때는 가장자리조차 물 흐름이 빨라졌음을 알 수 있다.

오행(五行)에도 수(水)가 나온다. 방위는 북쪽이고 계절은 겨울에 해당한다. 풍수(風水)에서 풍(風)은 하늘의 작용이므로 양에 해당하고, 수(水)는 땅의 작용이므로 음에 해당한다. 살아서의 집인 양택(陽宅)은 산을 등지고 물을 가까이하는 지세인 배산임수(背山臨水)를 귀하게 여기고, 죽어서의 집인 음택(陰宅)은 바람을 막아주고 흘러오는 물을 바라보는 지세인 장풍득수(藏風得水)를 기본 원리로 하고 있다.

옥편의 214부수 중에 '수(氵)' 부에 해당하는 글자가 가장 많아서 7퍼센트 남짓 된다. 그것은 아마 인간의 삶과 가장 밀접한 관계가 있는 자연물은 물이라고 생각했기 때문일 것이다.

비 우(雨) 자 안에 물 수(水) 자가 보이는가. 하늘[一일]의 구름 속[冂경]에서 내려오는 물[水수]이 비[雨우]다. 농경사회에서 무당이 방울 령(鈴)을 들고 '비 나리기(내리기)'를 비는 주문이 '비나이다

~, 비나이다~'였고, 이 모습의 글자가 바로 신령 령(靈) 자이다. 어느 순간 주문대로 비가 내리기 시작하니, 이 글자가 비올 령(霝)이고, 그러면 백성은 편안할 령(寧) 하게 살 수 있다.

시내 계(溪) 자의 어찌 해(奚)는 발음을 나타내는데, 중국 발음은 /시/다. 우리말로 애 오줌 누일 때 /쉬/ 하거나, 계곡에서 물이 쏟아져 내릴 때 /솨/라고 하는 이치와 같다. 우리말 '시내'는 '/시/ 하면서 내리는 내'에서 왔다고 하면 억측일까. 산골짜기를 뜻하는 골 곡(谷) 자는 바위 양쪽으로 물이 두 갈래져 떨어지는 모습이다. 여기에서 계곡(溪谷)이란 단어가 생긴다. 우리말 개천, 실개천도 한자어 계천(溪川)과 무관하지 않음을 알 수 있다.

골짜기[谷곡]에서 물을 튀기며 목욕하는 모습이 목욕할 욕(浴) 자다. 머리 감을 목(沐) 자는 나무처럼 꼿꼿이 서서 머리를 감는 모습이다. 여기에서 목욕(沐浴)이란 단어가 생긴다. 또 하나, 세속 속(俗) 자와 신선 선(仙) 자의 차이를 살펴보자. 사람이 골짜기에 묻혀 살면 속인(俗人)이 되고, 청정한 산에서 살면 불로장생(不老長生)의 신선(神仙)이 된다.

계곡(溪谷)의 물이 모여 내 천(川)이 되고 천(川)이 모여 강(江)이 되는데, 강 강(江)의 장인 공(工) 자의 원형은 물의 깊이나 너비를 재는 기구에서 출발하여 강의 양쪽 언덕[二이] 사이의 거리[丨곤]를 나타내는 모양으로 변화했다. 강물이 범람하고 나면 땅 주인은 서로 자기 땅을 찾으려고 투쟁할 것이고, 이를 실재로 재어서 해결해주는 사람이 장인 공(工)이다. 그런데 본래 강하(江河)라고 할 때의 강(江)은 장강(長江)을 가리키고, 하(河)는 황하(黃河)

를 가리키는 고유명사였다.

예부터 군왕들은 치산치수(治山治水)를 통치의 근간으로 생각해왔다. 치산(治山)으로 삶의 터전을 잘 닦고, 치수(治水)로 먹을거리를 충분히 공급하는 일이 통치의 근본이라는 말이다. 그리고 정치(政治)를 잘한다는 말도 글자를 살펴보면 정답이 나온다. 정사 정(政) 자는 '정의(正義)를 위하여 치고 나간다[攵복]'는 뜻이요, 치(治) 자는 물[氵수]과 코[厶사]와 입[口구]으로 이루어져 있으니 맑은 물과 깨끗한 공기 및 풍부한 먹을거리를 제공한다는 의미다.

태 颱
풍 風

태풍(颱風, typhoon)은 북태평양 서쪽에서 발생하는 열대저기압을 부르는 말로, 중심 최대풍속이 17미터 퍼 세크 이상의 폭풍우를 동반하는 경우를 말한다. 태풍 외에도 인도양의 사이클론(cyclone), 대서양의 허리케인(hurricane) 등의 큰 바람이 있는데, 이들은 발생 장소와 조건 등에서 다소 차이가 있다. 토네이도(tornado)는 '돌다'라는 뜻의 라틴어 'tornare'에서 이름이 유래한 것으로 매우 강렬한 회오리바람을 말한다.

바람을 뜻하는 한자는 '바람 풍(風)'이다. 풍(風) 자를 잘 살펴보면 돛 범(凡)과 벌레 충(虫)으로 이루어져 있다. 바람은 눈으로 볼 수 없고 느낌과 소리만 있기 때문에 옛사람들이 글자로 나타내기에

여간 어려운 게 아니었다. 그리하여 고민 끝에 돛단배가 움직이는 것을 보고 바람 덕분이구나, 하고 돛 범(凡) 자를 사용했을 것이다.

돛 범(凡)은 발음 부호이면서 돛의 모양을 본뜬 글자다. 나중에 '무릇, 모두, 평범(平凡)' 등의 뜻으로 널리 쓰이자 본뜻을 살려두기 위해 천 조각을 막대에 붙여 돛을 올린 모양인 수건 건(巾) 자를 앞에 붙여 '돛 범, 돛단배 범(帆)' 자를 만들었다. 돛단배를 한 자어로 범선(帆船)이라 하고, 그 배가 항구를 떠나는 것을 출범(出帆)이라 한다.

그런데 풍(風) 자에 벌레 충(虫)은 왜 붙어 있을까? 벌레와 바람은 무슨 상관관계가 있다는 말인가? 말하자면 충(虫)은 충(蟲)의 약자로 많은 벌레들이 꼬물꼬물 움직이는 것은 바람이 살랑살랑이는 것과 같다고 생각했다. 어떤 이는 따스한 봄바람이 불어오자 겨우내 칩거하던 벌레들이 움직이기 시작하는 것으로 보기도 했다. 좌우지간 바람의 모양을 표현하기 어려웠던 까닭에 갑골문 시대에는 그 당시 발음이 같았을 봉황새 봉(鳳) 자를 빌려서 바람 풍(風) 대신에 쓰기도 했다. 기실 옛사람들은 상상의 봉황(鳳凰)은 바람의 모습을, 상상의 용(龍)은 구름의 모습을 닮았다고 생각했다.

비[雨우]와 바람[風풍]은 농경사회에서 가장 중요한 요소다. 비와 바람이 풍년 풍(豐)을 좌우한다. 입춘에 벽이나 대문에 써 붙이는 글인 입춘서(立春書)에 많이 쓰는 문자로 '우순풍조(雨順風調) 시화연풍(時和年豐)'이란 글귀가 있다. 비가 때맞추어 순하게 내리고 바람이 고르게 불어 시절이 화평하고 해마다 풍년이 들기를 바란다는 내용이다. 기후가 하늘의 뜻이니 풍년(豊年)도 하늘의 뜻이다. 순풍(順風)에 돛 달고 떠나야 목적지에 쉬이 도달할 수 있지 역풍(逆風)을 맞으면 어렵없다.

바람만을 뜻하던 풍(風) 자의 의미가 점차 확대되어 풍속(風俗), 풍경(風景) 등의 뜻으로 확대되었다. 말에 바람이 들면 풍자할 풍(諷)이요, 나뭇잎에 찬바람이 들면 아름다운 단풍 풍(楓)이 된다. 풍자(諷刺)와 단풍(丹楓)이다.

태풍(颱風)이라고 할 때의 태(颱) 자는 '태풍'의 의미를 지닌다. 태(颱) 자에 별 태(台)를 얹은 것은 첫째, 발음이 클 태(太)와 같아서 '크다'라는 의미와 통하고 둘째, 높은 곳에 바람이 많이 부니 별에는 더욱 큰 바람이 있으리라 생각했기 때문이다. 그리고 백운대(白雲臺)처럼 높고 평평한 곳을 돈대 대(臺)라고 하는데, 대(臺)의 약자는 태(台)다. 지금 중국에서는 태풍(颱風)처럼 복잡하게 쓰지 않고 태풍(台风)이라고 간단히 쓰고 있다.

본디 태(台)는 '기쁠 이(怡)'의 본자로 /이/라고 읽었다. 이(怡)의 금문 자형은 입 구(口) 위에 써 이(㠯)가 있는 형태로 이(㠯)가 발음을 나타낸다. 기쁠 때 나오는 소리는 예나 지금이나 /이이/다. 결과적으로 台 자의 발음은 /태/, /대/, /이/ 등의 셋으로 구분되니 주의할 일이다.

바람과 관련한 한자성어를 찾아볼까. 바람 앞의 등불은 풍전등화(風前燈火), 말 귀에 동풍이 불어도 아랑곳하지 아니한다는 뜻으로 남의 말을 귀담아듣지 않음은 마이동풍(馬耳東風)이며, 효도

를 다하지 못한 채 어버이를 여읜 자식의 슬픔은 풍수지탄(風樹
之嘆)이다.

바람의 종류는 계절에 따라 봄바람은 동풍(東風), 여름바람은 남
풍(南風), 가을바람은 서풍(西風), 겨울바람은 북풍(北風)이다.
순우리말로 봄바람은 샛바람, 여름바람은 마파람, 가을바람은 하
늬바람, 겨울바람은 높새바람이라고 한다. 따스한 바람은 온풍
(溫風), 뜨거운 바람은 열풍(熱風), 서늘한 바람은 냉풍(冷風), 차
가운 바람은 한풍(寒風), 그리고 맹렬한 바람은 열풍(烈風)이다.

봄은 볼 게 많아 봄이라 하는가 보다. 보는 순간 지나가는 봄, 그래서 계절어 중에 봄만이 한 음절이다. 훌쩍 지나가는 짧은 봄인지라 일본어로 봄을 가리키는 말도 이틀이 아닌 하루(はる)인가 보다. 산천에는 꽃이 피고 마음에는 사랑이 피는 봄이다. 봄기운이 온 세상을 뒤덮으면 춘기가 발동한 외양간의 우마(牛馬)도 코로 피리 불며 뒷발질이라도 한다. 식욕이 발동하면 뭐든지 먹고 싶고, 먹고 나면 춘곤증(春困症)에 시달리게 된다.

봄을 가리키는 한자는 봄 춘(春)이다. 햇볕[日일]을 받아 두꺼운 땅[三삼]을 뚫고 돋아나는 싹[人인]의 모습이다. 봄이면 나무에도 물이 오르고 사람의 다리에도 물이 오른다. 눈에 보이는 물은 내려가지만 눈에 보이지 않는 물은 올라간다. 이렇듯 눈에 보이는 몸은 늘 겸손하게 낮추고 눈에 보이지 않는 에너지, 기운 기(氣)는 올려야 한다. 그래서 氣를 양어깨에 지는 동작을 기지개라 하고, 기지개를 켜야 몸에 산소가 공급되고 기운이 솟는 것이다. 눈에 보이지 않는 氣가 하늘로 올라가 뭉쳐서 눈에 보이게 된 것이 구름 운(雲)이다. 雲 자의 원형은 '이를 운, 말할 운(云)'이었는데 구름은 날씨를 말해주므로 나중에 비 우(雨)를 云 위에 얹은 것이다. 하지만 오늘날 중국에서는 雲을 버리고 다시 云을 쓰고 있다. 氣의 원형은 수기(水氣)가 올라가는 모습인 기운 기(气)였다. 생명이 살아 움직이는 힘을 뜻하는 '기운'이란 단어는 순우리말로, 어떤 일이 벌어지려고 하는 분위기를 뜻하는 한자어 '기운(氣運)'과는 다른 말이다. 곡기(穀氣)가 있어야 기운을 차린다. 곡기를 끊으면 죽게 된다. 그리하여 气 안에 곡기를 나타내는 쌀 미(米)를 넣은 것이다. 米 자는 원래는 껍질을 벗긴 모든 곡식을 가리키는 글자였다. 그런데 오늘날 중국에서는 수천 년간 사용해오던 氣 자를 버리고 다시 气 자를 쓰기 시작했다.

동양철학에서 '기(氣)'는 만물 생성의 근원이 되는 힘을 뜻한다. 기도(祈禱)하면 氣가 올라간다. 氣를 모으면 기합(氣合)이요, 氣를 나누면 기분(氣分)이다. 화창한 봄 날씨는 사람의 기분을 좋게 한다. 하늘의 기분은 기후(氣候)라고 한다. 옛날에는 15일간의 하늘 기분을 氣라 하고, 5일간의 하늘 기분을 候라고 했다. 그리하여 1년을 24기 72후로 나누었다. 오늘날에도 24기, 곧 24절기(節氣)는 달력에 표시되어 있다.

氣가 끊기면 기절(氣絶)하고 氣가 막히면 기(氣)막힌 일이다. 이럴 때는 타고난 기운인 원기(元氣)를 회복해야 한다. 그러면 생생하고 힘찬 기운인 생기(生氣)가 돌고, 활발한 기운인 활기(活氣)를 찾으리라. 나쁜 기운인 사기(邪氣)를 물리치고, 의욕이 넘치는 기운인 사기(士氣)를 북돋워야 한다. 역시 가장 좋은 기는 인기(人氣)다.

德談
<small>덕
담</small>

새해를 맞아 상대방이 잘되기를 비는 말을 덕담(德談)이라 한다. 가까운 사람끼리는 서로 만나 인사하면서 덕담을 나누지만, 멀리 떨어져 있는 친지와는 만나기 어려우므로 연하장(年賀狀)에 간단한 소원을 적어 보냄으로써 덕담을 대신하기도 한다.

차제에 덕담의 본뜻을 문자학적으로 살펴보자. 덕(德) 자의 갑골문 형태는 자축거릴 척(彳)에 곧을 직(直)이 붙어서, '앞을 곧게 보고 나아감'의 뜻이었다. 그러나 금문에 오면 흔히 '직심(直心) 덕'이라고 말하는 '덕(悳)'으로 쓰기도 했으니, 곧을 직(直)에 마음 심(心)을 붙인 것으로 보아 '곧은 마음', 곧 '정직(正直)'을 중시했다. 오늘날은 도덕(道德), 덕행(德行), 덕성(德性), 덕분(德分)의

'덕(德)' 자에서 보듯이 '덕(悳)'에 '척(彳)'을 덧붙여 '덕(德)'으로 쓰고 있으니, 이는 '실행', '실천'의 중요성을 강조했다고 볼 수 있다.

그러면 담(談)이란 무엇인가. 말씀 언(言)에 불탈 염(炎)이 붙어 있다고 자칫 불꽃이 타오르듯이 서로 논쟁하거나 싸우는 것으로 생각해서는 곤란하다. 염(炎)은 허공에 이글거리는 불꽃이 아니라 불꽃이 반짝반짝하는 모닥불이나 화롯불을 가리키기 때문에 '조용한 분위기'를 나타낸다. 따라서 담(談)이란 '화로 주변에 앉아서 조용하게 이야기를 나눔'의 뜻이다. 예컨대 담(淡)은 '수면이 반짝반짝하며 맑음'을, 담(倓)은 '사람이 고요함'을, 담(埮)은 '흙이 평평함'을, 담(惔)은 '마음이 편안함'을, 담(毯)은 '포근한 담요'를 가리킨다.

결론적으로 덕담의 속성은 '정직'과 '실천', 그리고 '조용한 말 나눔'이다. 그러므로 동시다발성의 요란한 메일은 덕담이라 할 수 없다.

전통적인 덕담은 "새해 복(福) 많이 받으세요!"다. 여기에서 '복(福)' 자를 보면 앞의 '보일 시(示)'는 하늘이 내리는 복이요, 뒤의 '가득할 복(畐)'은 '부(富)'에서 보듯이 각자 노력하여 쌓은 복이다. 따라서 "복 많이 받으세요"라는 덕담은 복(福)의 반밖에 표현하지 못했다. '복(畐)' 자를 보면 오히려 "복 지으세요"라고 하는 표현이 낫다고 할 수 있다. 복을 받는 일은 하늘의 뜻이니 기약할 수 없지만 '복 짓는 일'은 각자의 몫이니 마음먹기에 달렸다.

덕담은 근본적으로는 윗사람이 아랫사람에게 내리는 말이다. 자칫 어른께 절을 빨리 올리겠다는 뜻으로 "절 받으세요" 또는 "빨리 앉으세요"라고 하는 건 예절에 맞지 않다. 또한 "만수무강(萬壽無疆)하세요" 또는 "오래오래 사세요"라는 표현도 듣는 사람으로 하여금 '내가 벌써 이리 늙어 보이나?' 하는 염려를 줄 수 있으므로 사용하지 않는 게 좋다. 그러나 "과세(過歲) 안녕하셨습니까?" 또는 "올해도 손주들 재롱 많이 보세요!"라는 덕담은 괜찮다. 연하장에 가장 흔하게 사용되는 문구는 '근하신년(謹賀新年)'이다. '삼가 새해를 축하합니다'라는 뜻이다. 이외에도 손윗사람에게는 '수산복해(壽山福海: 수명은 산과 같고, 복은 바다와 같으소서)'·'화기만당(和氣滿堂: 화목한 기운이 집안에 가득하소서)'·'만사여의(萬事如意: 모든 일을 뜻과 같이 이루소서)' 등을 사용하고, 손아랫사람에게는 '유지경성(有志竟成: 뜻이 있으면 마침내 이루리라)'·'청운만리(靑雲萬里: 입신출세하려는 큰 꿈을 지녀라)'·'수신양덕(修身養德: 몸을 닦고 덕을 길러라)'·'무한불성(無汗不成: 땀을 흘리지 않고서는 어떤 일이든 이룰 수 없다)'·'불광불급(不狂不及: 미치지 않으면 미치지 못한다, 즉 광적으로 덤벼들지 않으면 무언가를 이룰 수 없다)' 등을 사용한다.

희
로애
락
喜怒哀樂

이황과 기대승의 유명한 주자학 논쟁으로 사단칠정론(四端七情論)이 있다. 사단(四端)이란 사람의 본성에서 우러나는 네 가지 마음씨로 인의예지(仁義禮智)를 가리키고, 칠정(七情)이란 사람의 일곱 가지 감정으로 희로애락애오욕(喜怒哀樂愛惡欲)을 가리킨다. 이황은 사단을 칠정과 대립되는 것으로 본 이기이원론(理氣二元論)을, 기대승은 사단을 칠정에 포함되는 것으로 본 이기일원론(理氣一元論)을 주장했다.

칠정(七情) 중 일상에서 흔히 사용하는 '희로애락(喜怒哀樂)'을 중심으로 인간의 감정에 관한 한자를 살펴보기로 한다.

희로애락(喜怒哀樂)은 칠정 중에서 기쁨·노여움·슬픔·즐거움 등을 아울러 이르는 말이다. 우선 발음에 대하여 생각해보자. 기쁘면 히히 하고 웃지 않는가. 그래서 희(喜)라고 한다. 성이 나면 입이 삐죽이 나오며 노(怒, no)라고 부정하고, 슬프면 애애(哀哀)하면서 울게 된다. 즐거우면 락락(樂樂, lala) 하며 환호성을 지르게 된다. 다시 말하면 입 모양만 보고도 그 사람의 감정 상태를 짐작할 수 있다.

기쁠 희(喜)는 북 고(鼓)의 생략형인 악기 이름 주(壴) 밑에 입 구(口)가 붙어 있는 글자다. 북을 치면서 입을 크게 벌리고 웃는 모습이니 기쁜 일이 아닐 수 없다. 희비(喜悲), 환희(歡喜)다.

성낼 노(怒)는 '종 노(奴) + 마음 심(心)'으로 이루어져 있다. 종의 마음은 '성내기' 십상이다. 노기(怒氣)를 띠다. 분노(憤怒)하다. 노도(怒濤), 노발대발(怒發大發)이다. 여기서 종 노(奴) 자를 살펴보면 '한 여자를[女녀] 큰 손[又우]으로 붙잡아 종으로 부리는 모습'이다. 노비(奴婢), 노예(奴隷)다.

슬플 애(哀)는 슬픔을 못 이겨 입[口구]을 벌리고 우니 옷[衣의]이 다 젖는 모습이다. 애통(哀痛), 애도(哀悼), 비애(悲哀), 애환(哀歡)이다. 발음은 /의/에서 /애/로 바뀌었다. 회포(懷抱)에 젖어도 눈물이 난다. 품을 회(懷)의 고자는 회(褱)인데 눈물에 눈물에 옷[衣의]이 흠뻑 젖은 모양이다. 회포에 젖어 우는 소리는 아마 /회회/, /흑흑/ 정도 되겠다.

즐길 락, 풍류 악, 좋아할 요(樂)는 나무[木목] 받침대 위에 북과 방울 등이 놓여 있어 연주하는 '악기(樂器)'를 뜻한다. 갑골문에서는 '작을 요(幺) + 작을 요(幺) + 나무 목(木)'으로 현악기(絃樂

器)를 가리켰는데, 금문에 와서는 현을 퉁기는 기구[白백]가 더 하여져 오늘에 이르고 있다. 더러는 나무로 만든 무대[木목] 위에서 북[白백]을 북채[幺요]로 두들기는 모습으로 보기도 한다. 점차 의미가 확장되어, '즐거울 락', '좋아할 요' 자로도 사용되었다. 음악(音樂), 오락(娛樂), 고락(苦樂), 낙원(樂園), 요산요수(樂山樂水)이다.

사랑 애(愛)의 금문이나 전서 모습은 두 손으로 마음[心심]을 감싸고 입을 벌려 구애하고 있는 모습이다. 그러나 해서에 와서는 '사랑이란 마음[心심]을 받는[受수] 것'으로 표현되고 있다. 그런데 애(愛) 밑에 뒤져 올 치(夂)가 있는 것은 사랑하는 사람들의 걸음걸이는 느리기 때문이다. 뒤져 올 치(夂)는 '발 지, 멈출 지(止)'를 거꾸로 쓴 글자로서 두 사람이 '천천히 걸어오는 모양'을 나타낸다. 각각 각(各)은 종일 흩어져 돌아다니다가 동굴[口구]로 '제각기' 돌아오는[夂치] 모습이다. 애정(愛情), 우애(友愛), 애국애족(愛國愛族)이다.

미워할 오(惡)는 누가 내 마음[心심]을 짓누르니[亞아] 그를 '미워하다'라는 뜻이다. 증오(憎惡), 혐오(嫌惡)이다. 물론 오(惡)는 본래 악할 악(惡)이었다. 아(亞)가 음을 나타내는 걸 볼 때 /아/에서 /악/으로 바뀌었음을 짐작할 수 있다. 악(惡) 자를 보면 짓눌린 두 사람이 악쓰며 싸우는 소리가 들리는 듯하다.

하고자 할 욕(欲)은 욕심 욕(慾)과 통자(通字)다. 뜻을 나타내는 하품 흠(欠)과 음을 나타내는 골 곡(谷)이 합(合)하여 이루어진 글자다. 흠(欠)은 사람이 입을 벌린 모양이며, 흠(欠)이 붙는 글자인 노래 가(歌)·마실 음(飮) 따위도 모두 입을 벌리고 무엇인가 함을 나타낸다. 나중에 하고자 할 욕(欲)에 마음 심(心)을 더하여 욕심 욕(慾)이란 글자를 만들어서는 하고자 할 욕(欲)은 주로 동사로 욕심 욕(慾)은 주로 명사로 사용하게 되었다. 욕구(欲求), 욕망(欲望), 욕심(慾心), 탐욕(貪慾)이다.

사람은 목석(木石)이 아니다. 희로애락(喜怒哀樂)의 감정을 잘 다스려야 한다. 시중(時中)이라 했다. 기쁠 때는 웃고, 화날 때는 성내고, 슬플 때는 울고, 즐거울 때는 풍류를 즐기며, 때[時시]에 따라 알맞게[中중] 처신해야 할 것이다.

'알다[知^지, 識^식]'의 사전적인 뜻은 배워서 알든, 겪어서 알든, 생
각하여 알든, 이러한 과정을 통하여 '사물이나 상황에 대한 정보
나 지식을 갖추고 있다(know)'는 뜻이다. 여기에서 발전하여 심
리 상태를 마음속으로 느끼거나 깨닫다(understand)의 뜻도 있
고, 어떠한 사실에 대하여 느끼거나 깨닫다(recognize)의 뜻도 있
다. 다시 말하면 '알다'라는 말 속에는 분별하다, 이해하다, 인식
하다 등의 의미가 내재해 있다.

속담에 '아는 길도 물어 가라'고 했으니, 알 듯 말 듯한 '알다'의 어
원을 살피기 위해 신중한 자세로 임해야겠다. '알다'의 뿌리를 캐
다가 '아는 게 병'이 될까 걱정되기도 하지만 말이다.

'알다'의 어근 '알'은 무슨 뜻일까. 아가리(악알이), 주둥아리(주둥알이)에서 볼 때 '알'의 근원적 의미는 '입[口구]'이고, 아뢰다(알외다)에서 볼 때 '알'의 의미는 입에서 나오는 '말[글언]'의 뜻으로 볼 수 있다. '아뢰다'는 뜻의 한자가 '아뢸 알(謁)'인 걸 보면 한자의 음과 훈도 우리말과 상통함을 알 수 있다.

그러면 '알다'의 반대어인 '모르다'는 어디에서 왔을까. 흥미로운 것은 영어와 한자에 '모르다'는 뜻의 단일어가 없다는 사실이다. 'do not know'나 '부지(不知)'처럼, '알다'는 뜻의 'know'와 '지(知)' 앞에 각각 부정어를 갖다 놓고 '모르다'의 뜻을 나타내고 있다. 이 사실은 영어와 한자어에서 '모르다'는 의미는 '알다'는 의미 속에 예속되어 있어서 '못 알다'는 식으로 표현되고 있음을 알 수 있다. 놀랍게도 국어의 '모르다'도 영어나 한자어와 같은 구조로 되어 있다는 사실이다. '모르다'는 고어 '모ᄅ다'에서 왔으며, '모ᄅ다 = 몰(몬,못) + 올다(알다)'로 분석할 수 있다. 그러므로 우리말 '모르다'도 단독형이 아니고, '알다'는 말에서 파생되었음을 확인할 수 있다. 부정의 의미인 '몰(몬,못)'은 한자어 몰이해(沒理解), 몰인정(沒人情)에서 보듯이 '숨길 몰, 빠질 몰(沒)'과도 서로 통한다.

과학의 영역인 '빛'과 '그림자'도 '알다'와 '모르다'의 관계와 똑같이 파악된다. 본디 그림자란 성분이나 형체가 없다. 광자의 집합인 빛에 의해 상대적으로 인지될 뿐이다. 마찬가지로 본디 '모르다'는 말도 '알다'는 말에 의해 상대적으로 인지될 뿐이다.

여기에서 원시 수렵시대로 돌아가 '알다'는 뜻에 해당하는 한자 '지(知)'와 '식(識)'의 뿌리를 캐보기로 한다.

'알 지(知)'는 '화살 시(矢) + 입 구(口)'로 이루어진 글자다. '지(知)' 자를 '화살'과 '입'으로 파악하면 '알다'는 의미가 쉬이 추출되지 않는다. 그것은 여기의 구(口) 자는 '입'이 아니라 '표적'을 나타내기 때문이다. 당시는 '표적을 향하여 화살을 잘 쏘는 사람'을 '뭔가 잘 아는 지혜로운 사람'으로 본 것이다. 적중(的中)이라고 할 때의 '중(中)' 자를 보면 표적의 가운데를 화살로 꿰뚫은 형태다. 적어도 지(知) 자가 처음 만들어졌을 때의 뜻은, 사물이나 상황에 대한 정보나 지식을 갖춘다는 의미가 아니라, '화살로 짐승을 잡는 방법을 잘 알다'는 뜻이었다. 아는 것이 지식이라면 깨달음을 뜻하는 '지혜 지(智)' 자는 훨씬 나중에 생긴 글자다.

지(知) 자를 통하여 공부하는 자세를 본받아 보자. 구(口)가 학습목표라면 시(矢)는 학습자에 해당한다. 시위를 떠난 화살의 모습에서 알 수 있는 사실은 첫째, 한길로 꾸준히 날아간다는 것과 둘째, 일단 시위를 떠난 뒤에는 다시 돌아오지 않는다는 점이다. 이는 학습자가 지식(知識)을 습득하기 위해서는 설정한 목표를 향하여 한길로 꾸준히 노력해야 한다는 것과 한 번 놓친 기회는 다시 찾을 수 없다는 점을 깨우쳐주고 있다.

기록할 지(識) 또는 알 식(識) 자는 같은 글자로 갑골문에는 앞의 언(言) 자가 없다. 어떤 내용을 잊지 않기 위해 창[戈괘]으로 그어 표시를 해놓은 모양이다. 그은 부호가 오늘날의 '음(音)' 자의 모양으로 변한 것은, 기록한 내용을 음(音)으로 식별할 수 있어야 한다는 점을 고려한 것으로 보인다. 나중에 언(言)자가 붙은 것은 '말로 한 것을 창으로 새겨 기록하다'로 풀이할 수 있다. 지식(知

159

識)이라 할 때는 '식(識)'으로 읽는데, 여기서는 '알다'는 뜻이다. 짤 직(織) 자는 '실로 베를 짜는 일이 창으로 새기는 일과 비슷함'에서 생긴 글자이고, 벼슬 직(職)은 '귀로 들은 것을 창으로 새겨 기록하는 일'에서 벼슬아치의 의미가 나온다. 직장(職場)에서 직책(職責)을 맡은 사람은 기록을 잘해야 한다. 지식(知識)이란 앎에 그치지 않고 반드시 '적어'둘 때 그 가치가 있다. 그리하여 학위에는 반드시 논문이 필요한 것이다. 적어두어야 진정한 나의 지식이 되고, 또 학문 발달에 일조할 수 있다. 여기에서 새로운 '적자생존론'이 나온다.

《명심보감(明心寶鑑)》에 '안분신무욕 지기심자한(安分身無辱知機心自閑)'이란 구절이 있다. 분수에 편안하면 몸에 욕됨이 없고, 세상 돌아가는 형편을 알면 마음이 절로 한가롭다는 뜻이다. 알면 안심이 되지만 모르면 물어야 한다. 그래서 공자의 고백처럼 배움 그 자체도 즐거운 일이지만 모르면 물어야 즐거움이 더해지므로, 학문(學問)이라고 할 때에 '물을 문(問)' 자를 쓰는 것이다.

《논어(論語)》에 '지지자 불여호지자(知之者不如好之者), 호지자 불여락지자(好之者不如樂之者)'란 명구가 나온다. 아는 것은 좋아하는 것만 못하고, 좋아하는 것은 즐기는 것만 못하다는 뜻이다. 직업 중에 제일 좋은 직업은 즐기면서 생계를 유지할 수 있는 직업이다. 곧 낙업(樂業)이 최상이다.

'알아야 면장(面長)을 하지'라는 속담이 있다. 어떤 일을 하려면 그와 관련된 지식을 갖추고 있어야 함을 비유적으로 이르는 말이다. 하필이면 면장(面長)일까. 그것은 사람이 태어나서 면식(面

識)이 있는 사람들끼리 모여 사는 정도의 행정구역이 면(面)이기 때문이다. 따라서 면장은 면민의 면면(面面)을 모두 알고 있어야 한다.

혼자 빈손으로 죽는다는 사실은 누구나 알지만, 언제 어디서 어떻게 죽을지는 아무도 모른다. 인간으로 태어나 알려고 바동거리다가 다시 모르는 곳으로 가는 것이 인생이다.

봄은 닫혔던 오감을 여는 계절이다. 특히 시각(視覺)의 축복을 가장 많이 누릴 수 있는 계절이다. 둥지 틀기에 바쁜 아름다운 새소리, 이따금 코끝을 스쳐 지나가는 꽃향기, 담백하고 은근한 냉잇국 맛, 긴 겨울잠에서 초목을 일깨우는 봄 햇살의 부드러운 떨림도 빼놓을 수 없는 감각들이다. 초목이 누리에 푸름을 토하고 온갖 꽃들이 화사한 빛깔의 꽃등을 달고 마중 나오면 봄은 분명코 시각의 계절이구나 하는 생각이 든다. 봄의 어원은 눈으로 '보다'의 명사형인 '봄'에서 온 게 아닐까 한다.

'보다'와 관련한 한자로는 '볼 견(見), 볼 관(觀), 볼 간(看), 볼 시(視), 볼 감(監), 볼 람(覽), 볼 열(閱), 볼 첨(瞻), 볼 도(睹), 살필 심

(審)' 등 매우 많지만 어떻게 보느냐에 따라 조금씩 의미의 차이가 있다.

우선 시각을 맡은 기관은 '눈 목(目), 눈 안(眼)'이 있다. 목(目)은 눈의 겉모양을 상형한 글자이고, 안(眼)은 상이 맺히는 망막을 가리킨다. 목(目) 자의 자형은, 처음에는 눈 모습과 같이 가로로 길게 썼는데 나중에는 세로로 변했다. 많은 글자가 길쭉하게 변했는데, 이는 글을 세로쓰기에 맞춘 결과로 본다.

'보다'라는 뜻의 대표적인 글자는 볼 견(見)이다. 눈을 뜨는 순간 시야에 들어오는 모든 대상을 보는 것이 견(見)이다. 견(見)은 사람[儿인]이 눈을 뜨고[目목] 앞을 바라보고 있는 모습이다. 여기에서 '견해'의 뜻으로 발전한다. 견학(見學), 견문(見聞), 의견(意見), 견해(見解), 탁견(卓見), 단견(短見), 편견(偏見), 관견(管見), 이견(異見), 사견(私見), 견리사의(見利思義), 견문발검(見蚊拔劍), 견위수명(見危授命), 견물생심(見物生心), 목불인견(目不忍見), 백문불여일견(百聞不如一見)이다.

볼 관(觀)은 황새[雚관]가 먹이를 잡아먹기 위해 바라보고[見견] 있는 모습에서 '자세히 보다'의 의미가 생성되었다. 여기에서 '관상(觀象)'이나 '관상(觀相)'의 예처럼 '앞으로 일어날 일을 예측하여 보다'라는 뜻으로 발전한다. 관광(觀光), 관찰(觀察), 관조(觀照), 관념(觀念)이 있다.

볼 간(看)은 '손 수(手) + 눈 목(目)'의 구조다. 간판(看板)의 예에서 보듯이 사물을 똑똑히 보기 위하여 눈 위에 손을 얹고 살피는 모습이다. 간호사(看護師)에 간(看) 자를 씀은, 눈[目목]으로는 환자를 잘 살피고 손[手수]으로는 아픈 곳을 잘 어루만져야 하기 때문으로 생각된다. 간병(看病), 간과(看過), 간주(看做), 주마간산(走馬看山)이 있다.

볼 시(視)는 '보일 시(示) + 볼 견(見)'으로 시(示)가 음을 나타낸다. 보여주는[示시] 것을 보는[見견] 것이 시청각(視聽覺) 교육이다. 여기에서 '자세히 살펴보다'의 뜻을 가지게 되었다. 견(見)이 눈 뜨면 저절로 보이는 'see'라면, 시(視)는 의식적으로 자세히 보는 'look'에 해당한다. 시력(視力), 감시(監視), 중시(重視), 경시(輕視), 시선(視線), 시찰(視察), 무시(無視), 시신경(視神經), 심부재언 시이불견(心不在焉視而不見: 마음에 없으면 봐도 보이지 않는다)이다.

볼 감(監)은 본래 거울[鑑감]의 의미였다. 거울이 없던 옛날에는 그릇의 물이 거울을 대신했다. 사람[人인]이 그릇[皿명]의 물[一일]에 비친 자신의 모습을, 눈을 크게 뜨고 살펴보는[臣신] 모양이 감(監)이다. 여기에서 '감독하다'의 의미로 확장된다. 감시(監視), 감독(監督), 감옥(監獄), 감찰(監察), 교감(校監), 국정감사(國政監査), 불법감금죄(不法監禁罪) 등이다.

볼 람(覽)은 '감(監) + 견(見)'으로 이루어진 글자로 '두루 보다'의 의미다. 열람실(閱覽室), 관람객(觀覽客), 유람(遊覽), 공람(供覽)이 있다.

볼 열(閱)은 문(門)을 지키며 지나는 사람이나 거마(車馬)를 검열(檢閱)하는 모습이다. 여기에서 '점검하다', '책을 읽다'의 뜻으로 발전했다. 열람실(閱覽室), 열병식(閱兵式)이 있다.

볼 첨(瞻)은 처마[簷첨]를 쳐다보는 모습에서 '먼 곳을 우러러보다'라는 의미로 확장된다. 첨성대(瞻星臺)다.

볼 도(睹)의 고자(古字)는 볼 도(覩)다. 도읍[都도]을 '지켜보다'의 뜻이다. 목도(目睹)다.

끝으로 살필 심(審)은 '집[宀면]에 쳐들어온 짐승의 발자국[番번]을 자세히 살펴서 어떤 짐승인지 알아내다'에서 '자세히 살피다'의 의미가 되었다. 심판(審判), 심문(審問), 심사(審査), 오심(誤審), 심의(審議), 항소심(抗訴審) 등이 있다.

봄에는 보이는 것도, 보고 싶은 것도 많다. 하지만 눈에 보이지 않는 것을 볼 줄 알아야 지혜로운 사람이다. 반은 육안으로 반은 마음으로 보도록 하자.

끊어없는 미로, 인간의 감정
感情

봄은 봄직한 계절이다. 볼 게 많아 봄. 볼수록 더 보듬고 싶은 봄.
봄의 아름다움에 자지러지고도 보고지운 봄. 이런 계절엔 인간의
감정(感情) 또한 그 끝이 없다.

느낄 감(感)은 마음에 일어나는 모든[咸한] 작용이다. 감 잡았는
가. 감동(感動), 감각(感覺), 감정(感情)이다.

놀랍게도 뜻 정(情)은 본디 성품 성(性) 자와 같이 썼으나 나중에
는 '타고난 순수한 성질', 곧 '본성'은 '성(性)'으로, '밖으로부터 자
극을 받아 일어나는 마음의 움직임'은 '정(情)'으로 구분했다.

앞서 칠정(七情), 곧 희로애락애오욕(喜怒哀樂愛惡欲) 7자에 대
하여 살펴본 바 있다. 여기서는 그 끝없는 미로와 같이 다양한 인

간의 감정이나 심정을 나타내는 더 많은 한자에 대하여 좀 더 알아보고자 한다.

우선 '기쁨'을 뜻하는 글자는 기쁠 희(喜) 외에도 기쁠 이(怡), 기쁠 열(悅), 기뻐할 흔(欣), 기뻐할 환(歡) 등이 있다. 기쁠 희(喜)는 북을 치면서 입을 크게 벌리고 웃는 모습이요, 기쁠 이(怡)는 본자가 기쁠 태(台)로 전서에서는 입 구(口) 위에 써 이(㠯)가 있는 형태로 '목숨[台태]이 붙어 있어서 기쁜 마음'을 나타낸다. 그 소리는 기분이 좋아 내는 소리 /이이/다. 기쁠 열(悅)의 본자는 기쁠 태(兌)로 사람[儿인]이 입[口구]을 열고 기뻐서 열나게 웃는 모습을 나타낸다. 기뻐할 흔(欣)은 도끼를 들고 입을 크게 벌리고[欠흠] 기뻐함이요, 기쁠 환(歡)은 황새[雚관]처럼 목을 빼고 입은 크게 벌리고 기뻐함을 뜻한다. 희열(喜悅), 이안(怡顏), 열락(悅樂), 흔쾌(欣快), 환희(歡喜)다.

'성냄'을 뜻하는 글자는 성낼 노(怒) 외에 성낼 분(忿), 성낼 분(憤), 분개할 개(慨) 등이 있다. 성낼 분(忿)은 마음이 갈라져[分분] 분한 마음이 생김이요, 성낼 분(憤)은 분한 마음이 솟아오름[賁분]을, 분개할 개(慨)는 마음이 이미[旣기] 떠났음을 뜻한다. 분노(忿怒), 격분(激忿), 분개(憤慨)다.

'슬픔'을 뜻하는 글자는 슬플 애(哀) 외에, 슬플 비(悲)가 있다. 슬플 비(悲)는 마음이 새의 두 날개[非비]처럼 반대쪽으로 뻗치니 슬픈 일이다. 애환(哀歡), 비애(悲哀), 비명(悲鳴)이다.

'즐거움'을 뜻하는 글자는 즐길 락(樂) 외에 즐거워할 오(娛)가 있다. 즐거워할 오(娛)는 남성 중심의 사회에서 만들어진 글자로 여자[女녀]와 더불어 머리를 기울여가며[欠녈] 노래하는[口구] 모습이다. 희락(喜樂), 오락(娛樂)이다.

'사랑'을 뜻하는 글자는 사랑 애(愛) 외에 사랑할 자(慈), 사랑 총(寵) 등이 있다. 사랑할 자(慈)는 끝없는[玆자] 마음이요, 사랑 총(寵)은 집[宀면] 안에서 용하게 여기며 남달리 귀여워하고 사랑함을 일컫는다. 자애(慈愛), 총애(寵愛)이다.

'미움'을 뜻하는 글자는 미워할 오(惡) 외에 미워할 증(憎), 싫어할 혐(嫌) 등이 있다. 미워할 증(憎)은 마음을 시루에 찌는[曾증] 상태이고, 싫어할 혐(嫌)은 여자를 겸함[兼겸]에서 오는 마음의 작용이다. 겸할 겸(兼) 자가 들어가서 좋은 의미의 한자도 있으니, 이를테면 상대방의 처지도 아울러[兼겸] 말하면 겸손할 겸(謙)이 된다. 증오(憎惡), 혐오감(嫌惡感)이다.

'욕심'을 뜻하는 글자는 하고자 할 욕(欲), 욕심 욕(慾) 등이 있다. 욕구가 충족되면 기쁨이 오고, 마음에 거슬림이 없으면 즐거움이 온다. 욕구(欲求), 욕심(慾心), 탐욕(貪慾)이다.

칠정(七情) 외에 인간의 감정을 나타내는 글자를 살펴보자.

'근심'을 뜻하는 글자는 근심할 우(憂), 근심 환(患), 시름 수(愁) 등이 있다. 근심할 우(憂)는 머리[頁혈]가 마음[心심]을 누르니 머뭇거리는[夊치] 모습이다. 근심 환(患)은 마음이 꼬챙이에 꿰인 모습이요, 시름 수(愁)는 '시름겨운[秋추] 마음, 곡식을 말리듯[秋추] 마음을 말리다'의 뜻이다. 우환(憂患), 환란(患亂), 수심(愁心)이다.

'두려움'을 뜻하는 글자는 두려울 공(恐), 두려워할 포(怖), 두려워

할 외(畏), 두려워할 구(懼), 두려워할 황(惶), 두려워할 송(悚), 겁
낼 겁(怯) 등으로 가장 다양한 모습을 보여주고 있다. 두려울 공
(恐)은 마음이 굳어 있는[巩공] 모양이요, 두려워할 포(怖)는 반대
로 마음이 펼쳐져[布포] 있는 모양이다. 그러므로 공포(恐怖)란
마음이 굳었다 풀렸다 하는 것이다. 두려워할 외(畏)의 머리는 전
서에서 귀신 귀(鬼)의 머리였고, 받침은 범 호(虎)의 몸통이었다.
두려워할 구(懼)는 작은 새[隹추]가 두 눈을 동그랗게 뜨고 발발
떨고 있는 모양이요, 두려워할 황(惶)은 임금[皇황]을 보고 두려
워하는 모양이다. 두려워할 송(悚)은 마음이 묶여[束속] 있는 모
양이요, 겁낼 겁(怯)은 마음이 약하여 피하는[去거] 모양이다. 공
포(恐怖), 경외(敬畏), 의구(疑懼), 송구(悚懼), 황송(惶悚), 비겁
(卑怯), 황공무지(惶恐無地)이다.

'놀라움'을 뜻하는 글자는 놀랄 경(驚), 탄식할 탄(歎), 탄식할 탄
(嘆) 등이 있다. 놀랄 경(驚)은 말이 공경하듯[敬경] 위를 보고 놀
라는 모양이요, 탄식할 탄(歎)과 탄식할 탄(嘆)은 서로 통하는 글
자로 어려운[堇근] 일을 보고 크게 입을 벌리고[欠흠, 口구] 있는
모양이다. 경탄(驚歎), 경칩(驚蟄), 탄식(歎息), 개탄(慨歎), 맥수
지탄(麥秀之嘆), 풍수지탄(風樹之嘆)이다.

'상쾌함'을 뜻하는 글자는 시원할 상(爽), 상쾌할 쾌(快) 등이 있
다. 시원할 상(爽)은 창살을 통하여 빛과 바람이 들어오니 몸[大
대]이 시원함이요, 쾌할 쾌(快)는 마음을 터놓아서[夬쾌] 상쾌함이
다. 상쾌(爽快), 통쾌(痛快)다.

이상에서 보듯이 인간의 감정은 복잡미묘하여 끝없는 미로와 같

다. 플라톤은 감정을 이성으로 길들여야 하는 야생마와 같은 존재로 보았다. 내 마음이 내 맘대로 안 되듯이 어디로 튈지 모르는 감정도 다스리기 힘들기 때문에 항상 연습이 필요하다.

休息
休息

산업화·기계화·자동화 사회가 되면 인류는 좀 더 편안하게 살아갈
줄 알았는데 어찌 된 일인지 세상은 점점 더 바쁘게만 돌아간다.
속도 시대가 되는 만큼 우리의 정신과 육체도 덩달아 바쁘게 돌아
간다. 역설적이지만 바쁠수록 돌아가라라고 하지 않았는가. 그리
하여 휴식(休息)과 관련된 한자 이야기부터 풀어볼까 한다.

휴식(休息)의 쉴 휴(休)는 사람[人인]이 나무[木목] 그늘에서 쉬는
모습에서, 쉴 식(息)은 코[自자]로 숨 쉬고 심장[心심]이 뛰는 것 외
에는 아무 일도 하지 않는 데에서 '쉬다'의 뜻이 왔다. 곧 휴식(休
息)에는 몸 안팎에서 일어나는 휴식의 모습이 모두 나타나 있다.
무거운 짐을 풀어놓고 하는 말은 /휴~/이고, 숨을 쉴 때에 나오는

소리는 /식식/이다.

'숨을 좀 돌리고 살라'는 말은 잠시 여유를 얻어 휴식을 취하며 살아가라는 뜻이다. 그런데 숨이 막히면 질식(窒息)이다. 막을 질(窒)은 구멍[穴혈] 끝에 이르니[至지] '막히다'의 뜻이다. 휴일(休日), 휴가(休暇)가 있다. 그런데 자식(子息)에 숨 쉴 식(息) 자를 왜 쓴 걸까. 의미상 자식은 나의 호흡과 같은 소중한 존재이고, 발음상 자식의 숨소리가 /식식(새근새근)/ 하기 때문이다. 그래서 '품 안의 자식'이란 말일까.

휴식(休息)이 아무리 좋아도 그만둘 수 없는 게 호흡(呼吸)이다. 호흡(呼吸)의 호(呼)는 숨을 내쉬는 것, 흡(吸)은 숨을 들이쉬는 것이다. 호(呼)와 흡(吸)은 떼려야 뗄 수 없는 관계다. 이 둘은 떨어지는 순간 죽음이다. 따라서 호흡은 '같이하고, 조절하고, 맞출' 때 의미가 있다. 호출(呼出), 호가(呼價), 호소(呼訴), 호형호제(呼兄呼弟), 흡입(吸入), 흡연(吸煙), 흡혈귀(吸血鬼)다.

휴게실(休憩室)의 쉴 게(憩) 자는 쉴 식(息) 자 앞에 혀 설(舌) 자가 붙은 것으로 보아, 잠깐 들러 쉬면서 대화나 먹거리를 나눌 수도 있는 방이다. 더러는 맛있는 걸 판답시고 '쉴 게(憩)'처럼 달 감(甘) 자를 노골적으로 붙여놓은 곳도 있다.

그런데 휴식이 지나치면 태만(怠慢)이 된다. 게으를 태(怠)는 '허물어진[台태] 마음[心심]'이고, 게으를 만(慢)은 '길게 끄는[曼만] 마음[↑심]'이다. 여기서 태(台)는 '위태하다, 허물어지다'의 뜻이고 만(曼)은 '어려움을 무릅쓰고[冒모] 또[又우] 길게 끌다'의 뜻이다. 전자의 예로는 위태할 태(殆), 태풍 태(颱)가 있고, 후자의 예로는

172

질펀하게 흐를 만(漫), 뱀장어 만(鰻), 덩굴 만(蔓) 등이 있다.

태만(怠慢)에서 벗어나 마음이 중심을 잡으면 충성 충(忠)이 된다. 태(怠)의 반대자는 충(忠)인 셈이다. 속마음 충(衷)은 옷[衣의] 속에 충(忠)이 숨어 있는 글자다. 충정(衷情), 고충(苦衷)이 있다. '일벌레, 연습벌레'의 예에서 보듯 어떤 일에 열중하거나 충성하는 사람을 비유하여 벌레라고 한다. 그래서 벌레도 발음이 /충(虫)/이다.

뚫을 곤(丨)과 관련된 글자로 익힐 관, 꿸 관(串), 산적 꼬챙이 찬(弗), 근심 환(患) 등이 있다. 충성 충(忠)은 '중심(中心)'이 잡힌 마음이나, 근심 환(患)은 '관심(串心)'으로 삶아서 익힌 마음이니 근심스러울 수밖에 없다. 마음이 옆으로 삐져나와도 근심할 충(忡)이 된다.

휴식(休息), 태만(怠慢)보다 근면(勤勉)을 택할 경우는 어려움을 겪게 된다. 부지런할 근(勤) 자를 알기 위해서는 우선 어려울 난(難) 자에 대한 이해가 있어야 한다. 어려울 난(難)은 '근(堇) + 추(隹)'의 형태다. 근(堇)의 전서 모양은 '가죽 혁(革) + 불 화(火) + 흙 토(土)'로서 '짐승의 가죽을 불에 태우는 모습'인데, 난(難) 자는 근(堇)에 '작은 새'를 뜻하는 추(隹) 자가 붙어 있다. 곧 작은 새는 자칫 잘못하면 다 타고 먹을 게 없기 때문에 제대로 태우기가 '어렵다'는 뜻에서 온 글자다.

이리하여 어렵사리 힘쓰는[力력] 것은 부지런할 근(勤)이고, 마찬가지로 어렵사리 피는 꽃은 '무궁화 근(槿)', 어렵사리 하는 말은 '삼갈 근(謹)', 어렵사리 어른을 뵙는 것은 '뵐 근(覲)', 어렵사리 먹을 때는 '흉년 근(饉)', 추위를 딛고 어렵사리 피어난 꽃은 '제비꽃 근(菫)', 어렵사리 흐르는 물은 '한수 한(漢)'이다.

동물의 모양을 보면 수놈이 암놈보다 훨씬 화려하다. 수놈 공작의 그 눈부신 꽁지깃, 수꿩과 수탉의 그 화려한 깃털, 수사자의 늠름한 갈기와 수사슴의 화려한 뿔⋯⋯. 이는 암놈 위에 힘으로 군림하는 위엄의 상징인가, 아니면 암놈으로부터 선택받기 위한 처절한 몸부림의 거추장스러움인가. 수놈의 그 치명적인 아름다움 덕분에 영웅(英雄)이란 말은 있으나 영자(英雌)란 말은 없다.

두 팀의 승부(勝負)나 강약(强弱)을 가릴 때 '자웅(雌雄)을 겨루다'라고 말한다. 암컷 자(雌)와 수컷 웅(雄) 두 글자에 각각 새 추(隹) 자가 붙은 것으로 볼 때 원래는 새의 암수를 가리켰으나, 지금은 동물의 암수는 물론 실력의 우열(優劣)을 따질 때에도 사용

175

하는 말이다.

글자 모양으로 봐서 자(雌)가 암컷인 것은 교미할 때 자리[此차]를 지키고 앉아 있는 놈을 암컷으로 봤기 때문이다. 이 차(此)의 갑골문을 보면 암놈이 엉덩이[匕비]를 둘러대고 가만히[止지] 앉아 있는 모습이라고 할 수 있다. 암놈이 수놈에게 굴복하여 엎드린 모습은 자복(雌伏)이고, 수놈이 작업을 끝내고 씩씩하게 보란 듯이 날아가는 모습은 웅비(雄飛)라 한다.

웅(雄) 자가 수컷인 것은 힘을 상징하는 불룩한 것[厶사]이 밑에 달려 있기 때문이다. 굉(厷) 자는 수놈의 힘센 팔과 거시기를 뜻한다. 근육이 불룩하게 솟아 오른 팔뚝을 뜻하는 글자는 팔뚝 굉(肱)이다. 집[宀면] 안에서 팔과 거시기로 굉장한 힘을 쓰는 자가 클 굉(宏)이다. 의미를 알고 보니 굉장(宏壯)하다. 능할 능(能) 자와 곰 웅(熊) 자에도 힘을 상징하는 사(厶) 자가 붙어 있지 않은가. 웅대(雄大), 웅장(雄壯), 웅지(雄志), 대웅전(大雄殿)이다.

《장자(莊子)》에 한 번에 9만 리를 나는 붕새 붕(鵬)이 있기는 하지만, 새의 왕은 역시 봉황(鳳凰)이다. 봉황새 봉(鳳)은 수놈이요, 봉황새 황(凰)은 암놈이다. 봉(鳳)과 풍(風), 황(凰)과 광(光)의 발음이 통하는 것으로 볼 때 봉(鳳)은 바람을 다스리고, 황(凰)은 빛을 다스리는 신조(神鳥)로서의 상징성이 있다. 봉(鳳)과 풍(風)은 돛 범, 무릇 범(凡)을 머리에 이고 있다. 황(凰)은 안에 임금 황(皇)이 들어 있어서 왕이나 천자를 상징하기도 한다. 봉황(鳳凰)은 상상의 새로서 기린, 거북, 용과 함께 사령(四靈)으로 불리는데 이는 전설상의 네 가지 신령(神靈)한 동물이란 뜻이다. 봉명조양(鳳鳴朝陽)은 봉황새가 아침볕을 받아 운다는 뜻으로 천하가 태평할 길조(吉兆)를 이르는 좋은 말이다.

까마귀의 암수는 구별하기 어렵다는 뜻으로 '수지오지자웅(誰知烏之雌雄)'이라는 말이 있다. 이는《시경(詩經)》〈소아(小雅)〉장에 나오는 말로서, 선악과 시비를 가리기 어려운 경우에 비유적으로 쓰는 말이다.

말은 앵무(鸚鵡)새이며 사랑은 원앙(鴛鴦)이다. 앵무새는 아름다워 새장에 들기 쉽고, 원앙은 금슬(琴瑟) 좋아 금침(衾枕)에 들기 쉽다. 앵무새 앵(鸚)과 앵무새 무(鵡)는 각각 갓난아이 영(嬰)과 군셀 무(武)에서 발음이 왔다. 원앙 원(鴛)은 수컷으로 누워 뒹굴 원(夗)이 붙은 걸로 볼 때 사랑 나누기 좋은 분위기를 내고, 원앙 앙(鴦)은 암컷으로 애교를 떨고 있음이 분명하다.

빛깔은 비취(翡翠)이고, 노래는 황조(黃鳥)다. 비취(翡翠)를 우리말로는 물총새라고 한다. 물총새 비(翡)는 수컷을 뜻하는데, 여기서 非(아닐 비)는 음을 나타낸다. 물총새 취(翠)는 암컷으로 군사 졸(卒)에서 음을 따왔다. 취할 취(醉) 자도 마찬가지다. 비취(翡翠)는 또한 비취옥을 가리키기도 하는데, 짙은 초록 빛깔로 사랑받는 보석이다. 당연히 옥(玉)으로서의 비취는 그 빛이 잘 비치는 보석이다.

노래를 잘하는 꾀꼬리는 황조(黃鳥), 황앵(黃鶯) 또는 황리(黃鸝)라고 한다. 단어마다 누를 황(黃) 자가 붙어 있는 점은 꾀꼬리의 색깔을 규정짓고 있고, 꾀꼬리 앵(鶯)에는 빛날 형(熒) 자가, 꾀꼬

리 리(鸝)의 고울 려(麗) 자가 붙어 있는 점은 꾀꼬리의 빛나고 고
운 목소리를 규정짓고 있다.

새처럼 비상하라

飛翔

비 온 뒤의 가을 하늘. 구름 몇 점. 몸도 마음도 가벼워 구름을 타고도 날 것만 같다. 인간은 새처럼 날고 싶어 비행기를 만들고, 말처럼 달리고 싶어 자동차를 만들었다. 연을 만들어 날리거나 열기구를 타고 행글라이딩과 패러글라이딩을 즐기는 일은 모두 인간의 날고 싶은 욕망이 낳은 놀이다.

'날다'의 의미를 가진 한자는 '날 비(飛), 빙빙 돌며 날 상(翔), 나부낄 번(翻)' 등이 있다.

날 비(飛) 자의 전서를 보면 윗부분은 하늘을 향한 새의 머리 모양이고 아랫부분은 몸통과 좌우로 두 날개를 펼치고 날아오르는 모양이다. 발음이 같은 아닐 비(非) 자도 처음에는 좌우로 벌린 날개를 뜻했으나, 나중에는 두 날개가 상대하여 있다는 데 착안하여 '아니다'라는 부정의 의미로 쓰이고 있다. 비조(飛鳥), 비등(飛騰), 비행기(飛行機), 시비(是非), 사이비(似而非), 비일비재(非一非再)가 있다.

빙빙 돌며 날 상(翔)은 새가 두 깃[羽우]을 펼치고 상서롭게[祥상] 빙빙 돌며 나는 모습이다. 상(翔) 자에 양 양(羊) 자가 들어 있는 까닭은 무엇일까. 발음을 보더라도 상서 상(祥) 자를 줄여서 썼음을 알 수 있다.

옛날에 우양(牛羊)은 신에게 바치는 최고의 희생물(犧牲物)이었다. 희생물(犧牲物)이란 세 글자에는 공통적으로 소 우(牛) 자가 들어 있다. 신에게 제사 지내는 일은 아름답고[美미] 의롭고[義의] 상서로운[祥상] 일로 생각하여 이 세 글자에는 공통적으로 양 양(羊) 자가 붙어 있다. 비상(飛翔)이나 용무봉상(龍舞鳳翔)은 둘 다 상서롭게 하늘을 나는 모습이다.

날 번(飜)과 또 다른 모양의 날 번(翻)은 같은 글자다. 번 번(番)은 '1번(番), 2번(番)……'처럼 순서나 횟수를 나타낸다. 원래는 밭[田전]에 남겨진 짐승의 발자국[采변]을 뜻했다. 짐승 발자국을 살펴보면 무슨 짐승이 몇 번이나 번갈아 밟았는지를 판단할 수 있다는 데에서 '번'의 의미가 나왔다. 그리하여 날 번(飜) 자는 새가 번갈아 날갯짓을 함을 뜻하다가 요즈음은 '번역(飜譯)'의 의미로 더 자주 사용된다.

댓살을 종이에 붙여 허공에 날리는 '연'과 공중을 맴돌며 정찰하는 새 '솔개'는 둘 다 똑같이 '연 연, 솔개 연(鳶)' 자를 쓴다. 연(鳶)

자에 주살 익(弋) 자가 붙어 있는 까닭은 연을 날릴 때는 주살처럼 기다란 실을 매어야 하기 때문이다. 주살이란 오늬에 줄을 매어 쏘는 화살을 말하고, 오늬란 화살이 시위에 끼도록 칼로 에어낸 부분을 가리킨다. 연과 솔개는 까불지 않고 연(軟)하게 나는 특징이 있다. 그래서 발음이 /연/이다. 그러나 연이 꼬꾸라질 때는 솔개가 먹이를 낚아채듯이 사정없이 땅에 머리를 처박고 만다. 연할 연(軟) 자의 구성이 재미있다. 수레[車기]를 타고 가면서 음료를 마실 때는 엎지르지 않기 위해서 유연(柔軟)하게 마셔야[欠흠] 한다는 권고가 담겨 있다. 하늘에 솔개가 날고 물속에 고기가 뛰어노는 것을 연비어약(鳶飛魚躍)이라 한다.

봄이면 북쪽으로 날아오고 가을이면 남쪽으로 날아가는 제비를 뜻하는 글자는 제비 연(燕)이다. 연(燕) 자를 화(火) 부수에 올려놓은 것은 코미디다. 갑골문 자형은 제비 모습 그대로인데, 가위처럼 생긴 꼬리가 화(灬)로 변했을 따름이다. 물고기 어(魚)도 꼬리가 화(灬)로 변한 예다. 연작(燕雀)은 제비와 참새로 도량이 좁은 사람을 비유하기도 한다. 저고리의 뒤 아래쪽이 갈라져 제비 꼬리같이 생긴 서양식 예복을 연미복(燕尾服)이라 한다. 발음이 같은 이유로 연(燕)은 잔치 연(宴)과도 의미가 상통한다.

제비와 반대로 봄이면 북쪽으로 날아가고 가을이면 남쪽으로 날아오는 기러기를 나타내는 글자에는 기러기 안(雁)과 큰 기러기 홍(鴻)이 있다. 글자 모양으로 보면 기러기 안(雁)은 언덕[厂엄] 위를 날고, 큰 기러기 홍(鴻)은 강(江) 위를 나는 기러기다. /홍/이라는 발음은 '크고 넓음'의 뜻을 지닌다. 큰물은 큰물 홍(洪)이고 큰 벌레는 무지개 홍(虹)이다. 홍익인간(弘益人間)의 넓을 홍(弘)은 드넓음을 뜻한다. '남의 형제'를 높여서 안항(雁行)이라고 하는데, 이는 '줄지어 날아가는 기러기'의 모습에서 비롯된 말이다. 그리고 철 따라 이동하는 기러기가 먼 곳에 소식을 전한다는 뜻에서 편지(便紙)를 일컬어 '안서(雁書), 안신(雁信), 안찰(雁札)'이라고도 한다. 큰 은혜는 홍은(鴻恩), 큰 덕은 홍덕(鴻德), 큰 뜻은 홍지(鴻志), 잘 쓴 글은 홍필(鴻筆), 학식이 높은 사람은 홍학(鴻學)이라 한다.

굽이치지 않고 흐르는 강물이 어디 있으며,

흔들리지 않고 피는 꽃이 어디 있으랴.

선비는 혼자서도 즐길 줄 알았다. 선비는 사람이 아닌 생활 주변의 사물이나 자연물을 벗으로 삼고 유희할 줄 알았기 때문에 혼자서도 잘 놀았다. 행동할 때는 자기 그림자에 부끄럽지 않게 하고, 잠잘 때는 이부자리에 부끄럽지 않게 할 정도로 혼자서도 엄격한 기강 속에 살아가던 그들이지만 낭만이 있었다.

붓글씨를 쓸 때면 문방사우(文房四友)가 있으니 종이·붓·먹·벼루 등이 친구이고, 그림을 그릴 때의 소재로는 사군자(四君子)가 있으니 매화·난초·국화·대나무 등이 벗이다. 또한 추운 겨울이면 세한삼우(歲寒三友)가 있어서 소나무, 대나무, 매화 등의 절개 있는 나무가 친구가 된다.

고려의 문호 이규보는 시와 술, 거문고를 혹독할 정도로 좋아하여 삼혹호(三酷好) 선생이라고 불렸다. 조선 인조 때의 윤선도는 그가 지은 오우가(五友歌)라는 연시조에서 물, 돌, 소나무, 대나무, 달 등을 벗에 비유하여 노래하고 있다. 조선 중기의 의사(義士) 박회무는 소나무, 전나무, 매화, 대나무, 연, 국화 등을 심고 애완하여 호를 육우당(六友堂)이라 했고, 조선 후기의 문신 조보양은 일생 산수(山水), 풍월(風月), 송죽(松竹), 매국(梅菊) 등의 여덟 가지를 벗 삼아 지낸다는 데서 호를 팔우헌(八友軒)이라 했다.

선비들은 그중에서도 싱그러운 봄으로 가는 문턱에서 적막을 깨고 생명을 노래하는 매화(梅花)를 특히 좋아했다. 봄이 왔기 때문에 매화가 피는 것이 아니라 매화가 피었기 때문에 봄이 온다고 믿었다. 그리하여 매화를 봄의 전령사, 곧 춘신(春信)이라고도 불렀다. 남지춘신(南枝春信)이라고도 했는데, 매화는 남쪽 가지에서부터 봄소식을 전하는 꽃을 피운다는 뜻이다.

안민영의 〈매화사〉 8수 중 제6수에는 잠결에도 동장군을 물리치고 기어이 봄님을 맞이하는 매화녀의 노래가 있다.

> 바람이 눈을 몰아 산창(山窓)에 부딪치니
> 찬 기운(氣運) 새어 들어 잠든 매화(梅花)를 침노(侵擄)한다.
> 아무리 얼우려 한들 봄뜻이야 앗을쏘냐.

매화가 꽃을 피우지 못하도록 시샘하는 높새바람이 불어도 봄소식은 빼앗지 못할 것이라는 게 표면적 의미이지만, '봄뜻'을 자연의 섭리로 본다면 철학시로 다가오고, '바람'과 '매화'를 남녀로 본다면 절개를 지키는 사랑시로 와닿는다.

매화의 어떤 매력 때문에 선비들이 그토록 좋아했을까. 그 매력은 '매경한고 발청향(梅經寒苦發淸香)'이란 시구에 있다. 매화는 혹한을 겪었기에 더욱 맑은 향기를 발한다는 말이다. 사람도 모진 고난을 이겨낸 후의 성공이 더욱 값지다.

숫돌에 갈지 않고서는 보배로운 칼을 얻을 수 없고, 매서운 추위를 겪지 않고서는 향기로운 매화를 기약할 수 없다. 산모의 고통 없이 옥동자를 얻을 수 없고 조개의 암 투병 없이 진주를 얻을 수 없는 것과 같은 이치다. 많은 눈이 내리고 냉엄한 추위를 겪은 겨울은 화사한 봄이 있기에 눈물겹게 기다려진다.

지금 눈 내리고
매화 향기 홀로 아득하니
내 여기 가난한 노래의 씨를 뿌려라.

다시 천고의 뒤에
백마 타고 오는 초인이 있어
이 광야에서 목 놓아 부르게 하리라.

냉혹한 현실 속에서도 매화 향기를 믿고 희망의 끈을 놓지 않는 이육사의 기개가 빛난다.

매화의 또 다른 매력은 그 향기에 있다. 당송 8대가 중 한 사람인 왕안석(王安石)의 〈매화〉 시를 보면 그의 개혁적인 행적과는 달리 선적인 분위기 때문에 매료되지 않을 수 없다.

> 墻角數枝梅(장각수지매)
> 凌寒獨自開(능한독자개)
> 遙知不是雪(요지불시설)
> 爲有暗香來(위유암향래)

> 담장 모퉁이에 핀 몇 가지 매화여
> 추위를 무릅쓰고 홀로 피었구나.
> 멀리서도 그것이 눈이 아님을 알겠으니
> 그윽한 매화 향기 불어오기 때문이라.

설중매(雪中梅)와 매중설(梅中雪)의 오묘한 경지를 절묘하게 그려내고 있다. 눈인 듯 매화인 듯 혼돈되지만 그윽한 향기로 말미암아 매화로 단정 내리는 참신한 안목의 시다. 엄동설한 속에서도 그윽한 향기를 뿜어 자신의 존재를 알리는 매화를 통하여 부드러우면서도 강한 유이강(柔而剛)의 선비 모습을 살필 수 있다. 만나지 못하는 임이라도 정의 온기로 짐작하고, 멀리 있는 벗이라도 덕의 향기로 느낄 수 있겠다.

아름다우면 강하기 어렵고 강하면 아름답기 어렵다. 매화는 아름다우면서도 강인한 품성을 지니고 있다. 그래서 뭇사람들이 본받고 싶어 하는 게 아닐까.

흙의 노래 불의 춤

흙은 대지의 피부다. 흙은 흙덩이에서 때론 흙탕물로, 더러는 흙먼지로 변신한다. 흙이 물과 결혼하면 토양을 이루어 지표상에 존재하는 모든 생물을 길러낸다. 흙이 불과 결혼하면 그릇을 이루어 삼라만상을 담아낸다.

바위가 부서져 자갈이 되고 모래가 되고 흙이 된다. 흙은 식물을 낳고, 식물은 동물을 살린다. 그렇다. 흙은 생명의 터전이다.

흙은 자신이 갈라지고 부서짐으로써 남을 살린다. 그러나 남이 죽으면 또 기꺼이 온몸으로 받아들인다. 그런데 이러한 흙에 산소와 영양을 공급하는 은혜로운 자가 있다. 하늘에는 운룡(雲龍)이 있고 바다에는 해룡(海龍)이 있고 땅에는 지룡(地龍), 즉 지렁

이가 있다. 바로 이 지룡이 흙을 살리는 성자다.

흙의 여러 가지 변신 중에 가장 화려한 변신은 아무래도 도자기가 되는 일이다. 흙을 이겨 원하는 모양으로 만들고 초벌구이를 한다. 다시 유약을 발라 뜨거운 열을 가하면 도자기로 탄생한다. 열 받은 그릇은 원래의 모양보다 작지만 단단하고 찬란한 빛을 발하며 영생(永生)한다. 흙은 불과 운명적으로 만나는 순간 자신의 몸을 화들짝 낮추고 옴츠린다. 인간도 몸을 낮춤으로 높아질 수 있다. 흙이 열을 극복해야 도자기가 되듯, 인간은 고난을 극복해야 성공할 수 있다. 만일 살아가다가 열 받는 일이 생기더라도 스트레스로 쌓아두지 말고 극복의 계기로 삼아야 한다. 이것이 도자기의 교훈이다.

훌륭한 도예가는 흙에서 구수한 냄새가 난다는 말을 한다. 흙을 만지는 도예가의 손에는 쑥떡 같은 풋풋함이 묻어 있다. 그 손길에서 구워져 나온 그릇에는 언제나 구수한 흙냄새가 옥빛으로 흐르게 마련이다. 청자(靑瓷)에는 비췻빛 하늘 냄새가, 백자(白瓷)에는 눈빛 흰옷 냄새가 난다.

금세 불로 일궈낸 그릇으로 맑은 첫새벽의 샘물을 떠 마신다. 그릇으로 태어나 그릇으로서의 첫 구실, 이 얼마나 엄숙한 순간인가.

굽이치지 않고 흐르는 강물이 어디 있으며, 흔들리지 않고 피는 꽃이 어디 있으랴. 물과 불의 난리를 겪지 않고 만들어지는 도자기도 있을 수 없다. 따지고 보면 인간도 아픔과 시련을 겪은 만큼 성숙한다. 불을 만난 흙은 아픔을 승화하여 찬란한 빛으로 탄생하는 것이다. 그래, 나에게 오는 시련은 단련의 기회다. 절망의 시점에서도 희망을 노래하자.

재앙 재(災) 자를 보면 위에는 내[川천]가 꼬부라져 있고, 아래에는 불[火화]이 활활 타오르고 있다. 곧 재앙이란 물과 불에서 온다는 뜻이다. 크게 보면 재앙도 필요의 악이다. 우리가 그토록 무서워하는 태풍과 해일도 드넓은 바다에 산소를 불어넣는 일이라니 아이러니하다. 올해는 지구촌에 유난히도 물난리와 불난리가 많았지만, 모두가 지구를 살리기 위한 어떤 필연이었는지도 모를 일이다.

자기(瓷器)란 물의 반주에 흙이 노래하고, 불이 춤을 추면서 빚어낸 예술작품이다. 부스러기 질흙 태토(胎土)가 물과 불을 차례로 만나 인조 옥(玉)이 되는 이치는 진정으로 우리에게 무언(無言)의 가르침을 준다.

하늘에는 별, 땅에는 꽃, 가정에는 도자기가 있다. 인간의 시간을 잊고 흙과 불의 시간만으로 살아가는 도공(陶工)이 있기에 영원불변의 인조 옥인 도자기(陶瓷器)가 탄생한다. 귀한 도자기는 일상생활에서 사용하지 않더라도 허심(虛心)의 미학을 가르쳐준다.

우리는 나서 죽을 때까지 '말'과 '그릇'을 사용한다. 그런데 말을 /말/이라 발음하는 까닭은 꼭 해야 할 말은 하되 될 수 있으면 말하지 '말라'는 주의의 뜻이 담겨 있기 때문이다. 마찬가지로 그릇을 /그릇/이라 발음하는 이유는 그릇에 담긴 음식은 먹되 '그릇된' 짓은 하지 말라는 경계의 의미가 담겨 있기 때문이다.

기원전 6천 년 전부터 만들어지기 시작한 그릇은 인류 역사와 함께 발전해왔다. 인간이 불을 다스리는 기술이 늘면서 그릇 만드는 기술도 발전해왔다. 이는 그릇 용어에 변천을 보면 알 수 있다. 유약을 바르지 않은 상태로 300도 정도의 열에 구우면 토기(土器)가 되고, 유약을 발라 구우면 도자기(陶瓷器)가 된다. 도자기도 둘로 구분하면 도기(陶器)는 800~900도의 열을 가해 구워진 장독과 같은 것이요, 자기(瓷器)는 1,200~1,300도의 열을 가해 구워낸 찻잔이나 백자, 청자 등을 가리킨다.

> 흙이 씨앗을 받을 때
> 생명의 노래가 들린다
> 그 노래의 끝은 꽃과 열매.
> 흙이 열을 받을 때
> 빛의 잔치가 벌어진다
> 그 잔치의 끝은 도자기.

> ㅁ 하나는 '입 구(口)'
> ㅁ 둘은 '부르짖을 훤(吅)'
> ㅁ 셋은 '물건 품(品)'
> ㅁ 넷은 '여러 사람의 입 집(㗊)'
> 여러 입이 잡은 짐승 한 마리[犬견]를 보고 있다.
> 나눠 먹으려면 무엇을 들고 가야 할까……. '그릇 기(器)'

조개가 신주를 만든다면 인간은 그릇을 만든다. 그릇은 흙에서

와서 깨어지면 또 흙으로 돌아간다. 우리도 흙에서 태어나 흙에서 자란 음식을 먹다가 종래는 흙으로 돌아간다. 그런 의미에서 흙은 영원한 안식의 고향이다.

눈이 부시다. 아침 눈이다. 소리 없이 내린 눈이다. 눈은 눈이 있나 보다. 그렇지 않고서는 어떻게 산하대지를 골고루 덮을 수 있을까. 초목의 눈도 있다. 새봄을 대비하기 위하여 늦가을에 준비해둔 나무의 모든 눈을 겨울눈이 포근히 덮곤 한다. 눈은 아마 육안(肉眼)은 없지만 심안(心眼)을 가졌나 보다.

간밤에는 문학지를 읽느라 눈이 내리는 줄도 몰랐다. 모든 눈은 소리가 없다. 사람의 눈 깜박임이나 초목의 꽃눈과 잎눈이 트는 소리도 들리지 않는다. 빗자루를 들고 나가 차 위에 쌓인 눈을 털어내고 차의 앞뒤 눈도 틔웠다. 안전한 지하주차장에 빈자리를 찾아 차를 옮기고 다시 서재로 올라와 책을 펼친다.

순간 책 속의 활자들이 하얀 눈 위에 떨어진 흑진주로 다가온다. 하얀 종이가 눈으로 보인 탓이다. 책을 읽는다는 것은, 종이라는 눈밭에 파묻힌 진주를 캐는 일이고, 글을 쓴다는 것은 마음밭에 소중한 생각과 느낌의 씨알을 심는 일이다.

독서는 문자의 숲 속에 작게 뚫려 있는 둘레길 산책이다. 마음의 부담 없이 그 길을 걷다가 먼 산이나 인가를 바라보기도 하고, 더러는 길가의 풀이나 돌과 대화를 나누기도 한다.

독서는 문자의 바다를 항해하는 일이다. 순풍에 돛을 맡기고 편안히 항해하기도 하지만 풍랑과 싸워야 하는 어려움도 가끔은 발생한다. 어쩌다가는 배가 난파되어 부서진 나무 조각 하나를 잡고 사력을 다해 헤엄치며 나아가야 하는 때도 있다.

겨울의 독서는 아무래도 눈으로 마시는 술이다. 그래서 비교적 황홀하다. 계절이 주는 집중력과 술맛이 내는 열기로 추위를 녹일 수 있어서 좋다. 그러나 아무리 황홀한 술일지라도 지나친 음주로 몸을 상하게 하기도 하니 주의해야 할 것이다.

독서삼여(讀書三餘)라는 성어가 있다. 삼여(三餘)란 세 가지 여가라는 말로 《삼국지(三國志)》〈위지(魏志)〉 '왕숙전(王肅傳)'에 나오는 말이다. 어떤 이가 매일 쪼들리고 바빠서 책 읽을 시간이 없다고 하며 동우(董遇)에게 배움을 청했다. 그에 동우는 "삼여(三餘)만 있으면 충분하다"라고 했다. 여기서 말하는 삼여란 '겨울', '밤', '비 오는 날'을 말한다. 겨울은 1년의 나머지[冬者歲之餘동자세지여]이고, 밤은 하루의 나머지[夜者日之餘야자일지여]이며, 비 오는 날은 갠 날의 나머지[陰雨者時之餘음우

196

<ruby>자시지여<rt> </rt></ruby>이다.

이 삼여를 물고기 세 마리로 표현하기도 한다. 이는 중국어로는 '물고기 어(魚)'와 '남을 여(餘)'의 발음이 /위/로 서로 같기 때문이다. 물고기 그림은 결국 여유를 가지고 독서를 하라는 뜻이 된다. 비린내 나는 물고기가 산속 절로 간 까닭도 물고기는 24시간 눈을 감지 않고 정진하는 모습이기 때문이다.

빛이라곤 '해', '달', '별'이란 삼명(三明)에만 의존하던 농경사회를 배경으로 삼여(三餘)란 말이 생겼다면 현대판 삼여는 어떻게 규정지을 수 있을까. 오늘날의 학생 삼여는 '방학', '시험을 마친 때', '수업 시간 사이'이고, 직장인 삼여는 '휴일', '하루 업무를 마친 때', '자투리 시간'이라고 생각한다.

책을 100번 읽으면 뜻을 저절로 알게 된다는 '독서백편 의자현(讀書百遍意自見)'이나, 사내는 모름지기 다섯 수레에 실을 만큼의 책을 읽어야 한다는 '남아수독 오거서(男兒須讀五車書)'는 얼핏 들으면 지나친 주장처럼 들릴지 모른다.

예전에는 무슨 책을 읽었다 하면 그 책을 외고 있다는 말이니 독서백편(讀書百遍) 하지 않을 수 없었다. 그래서 오거서(五車書)는 좀 지나친 말이 아닌가 하고 생각하게 되는데, 알고 보면 그렇지 않다. 이 말은 두보의 《두공부시집(杜工部詩集)》에 나오는 말인데, 본디는 장자(莊子)가 친구 혜시(惠施)의 장서를 두고 한 말이었다.

책을 가리키는 한자, 책 책(冊) 자를 살펴보면 죽간(竹簡)을 엮어 놓은 모양이다. 이 죽간으로 만든 책을 두 손으로 받들고 있는 모습은 '책 전(典)'이고, 죽간을 깎는 모습이 '깎을 산(刪)'이다. 다시 말해 죽간 책 한 권(卷)은 한 아름이나 되니 다섯 수레라고 해도 100여 권 정도에 지나지 않았을 것이다. 물론 100여 권의 책을 달 달 왼다는 것도 결코 쉬운 일은 아니다. '오거서(五車書)'는 그 당시에 문자로 남은 지식의 총량에 가까운 분량이었을 것이다. 따라서 요즘의 책 권수와는 비교가 어렵다고 본다.

책을 세는 단위인 책 권(卷) 자의 아랫부분을 보면 두루마리의 옆 모양이 보이지 않는가. 요즈음의 책처럼 한장 한장 넘기는 것이 아니라 종이가 없고 죽간이나 목간으로 대신했기 때문에 장자 시대의 책의 모습은 당연히 두루 말아놓은 형상이다. 우리가 알고 있는 사서삼경(四書三經)의 초기 모습은 모두 죽간이나 목간에 쓰인 두루마리였으리라.

독서삼도(讀書三到)도 있다. 송(宋)나라의 주희(朱熹)가 주창한 독서의 세 가지 방법으로 구도(口到), 안도(眼到), 심도(心到)가 그것이다. 곧 입으로 다른 말을 하지 말고, 눈으로 딴 것을 보지 말고, 마음을 가다듬어 숙독하면 그 진의를 잘 알 수 있다는 것이다. 삼도(三到) 중에서는 심도(心到)를 가장 소중하게 생각했다. 《후한서(後漢書)》에는 삼혹(三惑)을 들고 있는데, 인간이 빠지기 쉬운 '주(酒), 색(色), 재(財)', 곧 술과 여인과 재물을 가리킨다. 삼혹 대신에 삼여를 찾아 독서로 즐기자. 삼혹은 마음을 닦는 데 방해가 되지만 삼여는 마음의 위안을 준다.

고독과 독서는 서로 통한다. 고독(孤獨)의 '독(獨)' 자와 독서(讀書)의 '독(讀)' 자는 발음이 같다. 중국 발음도 /뚜/로 서로 같다.

고독을 독서로 즐기자. 고독과 벗하면 외롭지 않다. 뚫어지게 독서하다 보면 진리의 샘물이 책에서 솟을 듯하지 않을까.

로댕의 조각 작품을 직접 본 적이 있다. "바위를 보면 이미 그 속에 내 작품이 숨어 있었다"라는 멋진 고백이 나를 이끌었다. 작품 속 맥박의 진동과 숨소리를 느낄 듯한 꿈틀거리는 근육에서 로댕의 칼과 정, 그리고 망치 소리가 들리는 듯했다.

칼은 요리를 하기도 하지만 훌륭한 예술 작품을 빚기도 한다. 한 걸음 더 나아가면 칼은 수술을 통하여 사람을 살리기도 하지만 흉기로 변하여 사람을 죽이기도 한다. 칼은 어떻게 사용하느냐에 따라 득이 되기도 하고 해가 되기도 한다. 문제는 그 칼을 사용하는 사람의 의도에 따라서 결괴는 판이해진다는 점이다. 같은 물을 마시지만 소는 우유를 만들고 뱀은 독을 만드는 이치와 같다.

전각(篆刻)을 할 때 칼은 주로 돌을 새기는 도구로 사용된다. 칼의 여러 기능 중에서 새김질의 도구로 이용하는 것이다. 부드러운 나무보다 단단한 돌 위에 새기는 일이 더 힘들지만, 돌은 반영구적이고 수정할 수 없는 분명한 표현 행위이기 때문에 더욱 엄숙하고 신성하다.

인류 기록문화의 전이(轉移) 양상을 보면 칼로 새기는 문화에서 붓으로 쓰는 문화로, 붓으로 쓰는 문화에서 다시 인쇄 문화, 전자 문화로 발전해왔다.

일찍이 고유섭 선생은 돌의 문화는 '쌓는 문명'에서 '새기는 문화'로 전개되었다고 전제하고, '쌓는 문명에서 새기는 문화로의 전개는 석기 문명 진전의 필연상'이라 했다. 사실 정도의 차이는 있어도 돌을 쌓는 문명이든 돌에 새기는 문화이든 따로 존재하지 않고 공존하며 이어져 왔다고 본다. 지금도 건축이나 토목 또는 조각 등의 작업에서 쌓는 문명과 새기는 문화는 계속되고 있다. 앞으로도 인류가 존속하는 한 이 두 가지는 면면히 이어지리라 믿는다. 영주 부석사 석축과 잉카인들의 공중도시 마추픽추를 보면 쌓는 문명과 새기는 문화의 꽃이라 하겠다. 비록 글자를 새기지 않았다손 치더라도 돌의 접면을 맞추기 위해서는 절묘하게 칼로 깎고 또 쌓아냈으리라.

잠시 호흡을 고르고 문 앞에 둔 난분을 바라본다. 아름답게 '갈래져' 나간 잎과 꽃대의 자태를 보노라니 '갈래'의 어원에 대한 궁금증이 발동했다. 놀랍게도 '갈래'의 말 뿌리는 '갈', 곧 '칼'이라는 생각이 스쳤다.

칼의 옛말은 '갈'이다. 《훈민정음 해례》에 '갈 위도(爲刀): 갈은 칼이다'라고 설명하고 있으니, 분명히 '갈'이다. 갈처럼 생긴 바닷물고기는 '갈치'이고 갈처럼 생긴 대는 '갈대'다. 그러고 보니 갈댓잎이나 갈치는 비슷하게 생겼다. '갈'은 갈아야 사용할 수 있으므로 동사 '갈다'가 나오고, 잘 갈린 갈이라야 가를 수 있으므로 동사 '가르다'도 나온다. 길게 가르고 가르면 그 올을 '가늘다' 하고, 오래 가르고 가르다가 보면 '가루'가 된다.

갈을 사용하지 않았어도 갈로 갈라놓은 듯이 하나에서 둘 이상으로 갈라져 나간 낱낱을 '갈래'라고 한다. 하나에서 갈려 나온 낱낱의 줄은 '가닥'이라 한다. 두 갈래로 갈라지면 '쌍갈래'지만 여러 가닥으로 갈라지면 '갈래갈래' 갈라졌다 하고, 여러 가닥으로 찢어지면 '갈래갈래' 찢어졌다 한다. 길이 갈라지면 '갈래길'이요, 매화나 벚꽃처럼 꽃잎이 갈라지면 '갈래꽃'이다.

몸에서 갈라져 두 갈래로 벌어진 다리 부분은 '가랑이'라 하고, 밑동이 두세 가랑이로 갈라진 무를 '가랑무'라 하며, 두 가랑이로 갈라서 땋아 늘인 머리를 '가랑머리'라 한다. 갈래갈래 나뉘어 가늘게 내리는 비를 '가랑비'라 하고, 가지에 붙어 있다가 갈래갈래 떨어져 마른 나뭇잎을 '가랑잎'이라 한다.

갈을 사용하여 동강을 내거나 끊어내는 것을 '자르다'라고 한다. 자르고 또 자르면 '잘게' 된다. '짧다'라는 말도 여기에서 나온다. 소문이 여러 사람의 입에 오르내려 떠들썩하면 소문이 '자자한' 것이고, 잘고 시시하여 대수롭지 않으면 '자질구레하다'고 할 수 있다.

또 하나의 갈의 쓰임은 물건의 가죽이나 표면을 얇게 벗겨낸다는 뜻의 '깎다'다. 물건 값을 깎기도 하는데, 이 말 역시 갈과 무관하지 않다.

한자로 칼은 '칼 도(刀)'와 '칼 검(劍)'이 있다. 도(刀)는 외날칼이고 검(劍)은 쌍날칼이다. 칼로 새기는 일을 '새길 각(刻)'이라 하는데, 놀랍게도 /각/이란 발음이 갈에서 온 두 동사 '갈다', '각다→깎다'와 무관하지 않아 보인다. 각(刻) 자 왼쪽의 해(亥)는 씨 핵(核)을 가리킨다. 따라서 각(刻)을 한다고 하면 아무것이나 새기는 것이 아니라 '씨앗', 곧 '핵'을 새겨야 한다는 깊은 의미가 담겨 있다.

인격적·학문적으로 훌륭한 지도자급 인물에 대한 명칭은 시대와
지역에 따라 조금씩 다르지만 대개 서양에서는 신사(紳士)요, 동
양에서는 군자(君子)라 한다. 순우리말로는 선비가 여기에 해당한
다고 보겠다. 군자란 본래 덕행과 학식이 높은 사람을 가리킨다.
사실 경제적·사회적 지위도 높은 사람들이었다. 그래서 동양인이
면 누구나 군자가 되기를 흠모해왔고, 특히 문인묵객(文人墨客)은
삶의 지표를 군자가 되는 것에 두었다. 군자란 본인에겐 보람과
자부요, 남으로부터는 선망과 존경의 대상이니 맞는 말이다.

자연을 미치도록 사랑했던 동양인은 실로 다양한 식물 중에서도
군자의 덕성을 지닌 매(梅), 난(蘭), 국(菊), 죽(竹)만을 특별히 의

인화하여 '사군자(四君子)'라 이름 짓고 문학과 회화의 소재로 즐겨 사용해왔다. 시서화(詩書畵) 삼절(三絶)을 표방하던 선조는 시와 서예와 그림을 굳이 구분하지 않았는데, 요즈음은 대개 사군자를 문인화에 귀속시켜 제도적으로는 시와 서예로부터 독립해가는 형국이다. 그러다 보니 시서화는 점차 분리되어 따로 놀고, 문인화도 서예적인 '군자문인화'와 회화적인 '그림문인화'로 나누어진 형편이다.

일찍이 고산 윤선도는 〈오우가(五友歌)〉를 지어 자연과 벗 삼으며 지냈지만, 오늘 나는 〈사군자가(四君子歌)〉를 지어 자연 사랑을 고백하고자 한다.

> 눈 속에 암향(暗香) 흘러 괴이하여 나섰더니
> 눈인지 꽃인지 분간키 어려워라
> 때마침 벌이 오가니 매화가 분명코나.

여기의 매화(梅花)는 설중매(雪中梅)다. 청정무구(淸淨無垢)한 백매(白梅)를 시샘하여 눈이 내린지도 모를 일. 봄이 왔기에 매화가 피는지 매화가 피었기에 봄이 오는지도 알 수 없는 일. 매화를 가리켜 보춘(報春), 즉 봄을 알림, 또는 춘신(春信), 즉 봄의 소식이라고 부르는 걸 보면 매화가 피어야 봄이 오는가 보다. 매화는 백화(百花)에 앞서 이른 봄에 홀로 꽃을 피우고 향기를 발산한다. 매화는 그 품격이 세속에 물들지 않아 지조(志操) 있는 선비를 닮

왔다. 그리고 겨울에 피어 봄을 예고한다는 점에서 선구자(先驅者)로 상징되기도 한다.

> 날을 듯 휘어지며 고이 뻗은 난초 잎새
> 야한 속살 들킬까 한밤 몰래 피었건만
> 꿀방울 향기 울림에 온몸을 들켰구나.

난초(蘭草)는 깊은 산 그윽한 골짜기에 홀로 피어 있으며 향기를 멀리 보내지만 자랑하지 않는다. 그래서 은일지사(隱逸志士), 즉 숨어사는 절개 높은 선비, 또는 유미인(幽美人), 즉 뽐내지 않으면서 겸손하고 그윽한 미인으로 불린다. 텅 빈 계곡에 몰래 숨어서 절개와 순결을 지키려 한들 난초의 애태우는 향기와 매혹적인 얼굴 때문에 어느 초부(樵夫)에게나 들키고 만다. 설령 초부가 통통 튀는 곡선미만 보고 떠난다 해도 난사(蘭麝) 향주머니 달고 나선 여인을 길에서 만나면 속절없이 무너지고 만다.

> 간밤 서릿김에 온갖 꽃 시들지만
> 들국화 너는 어이 소금처럼 피었나니.
> 오호라, 별꽃 잔치를 들녘에 펼쳤구나.

늦가을 들녘의 국화(菊花)를 보면 간밤에 하늘의 별들이 땅에 내려와 놀다가 길을 잃은 듯하다. 서리를 무릅쓰고 핀 네 모습을 보고 오상고절(傲霜孤節), 즉 서리를 업신여기는 외로운 절개라 한다. 대지를 감쌌던 안개가 걷히고 오후의 밝은 햇살이 동편 울 밑에서 곱게 화장한 국화를 비출 때의 모습을 보고 동리가색(東籬佳色), 즉 동편 울타리 밑의 아름다운 빛이라 한다. 다스한 봄바람에 살포시 얼굴 내밀고 무더운 여름에 오롯이 자라나 늦가을 무서리에 매운 향기를 토하니, 문인을 머물게 하고 묵객의 붓을 흔들 수밖에 없다.

> 우후죽순(雨後竹筍) 연한 몸이 구름 밖에 솟구치고
> 북풍한설(北風寒雪) 몰아쳐도 쓰러지지 않나니.
> 갈대야 부러워 마라 허심견절(虛心堅節) 대로다.

대는 벼, 갈대와 같은 족속이지만 이들보다 훨씬 키가 크고, 또 오래 산다. 그 비결은 마음을 비우고 매듭 있는 생활을 하기 때문이다. 속은 비우고 마디는 굳게 하며 평생 푸른 잎을 이고 있기에 대를 허심견절(虛心堅節), 즉 마음을 비우고 절개를 굳힌 군자, 또는 북창한우(北窓閒友), 즉 선비 방의 한가로운 동무라 한다. 봄에 죽순으로 불쑥 솟아나 보름 만에 자랄 만큼 다 자라고 여생은 속을 비우며 마디를 단단히 하는 데 온 정성을 쏟는다. 맑은 날엔 옥빛을 띠고, 바람 부는 날엔 노래하니 군자의 흥(興)이 이에 더할까. 삼라만상(森羅萬象)은 대개 한때가 있거늘 오직 대만은 1년 내내 한 빛이다. 눈 속에서도 푸른빛을 잃지 않는 대를 일러 특별히 세한고절(歲寒孤節)이라 하는데, 이는 국난에 충신지사(忠臣志士)의 모습과 꼭 닮았다.

사계절에는 각기 그에 걸맞은 군자가 있어서 선비는 항상 외롭지 않았다. 자연물인 사군자를 스승이나 벗으로 삼아 자신의 덕성을 기른 선비의 여유가 부럽다.

더위가 심할수록 대와 친해지고 싶다. 방바닥에는 카펫 대신 대자리를 깔고, 잠을 잘 때는 죽부인(竹夫人)을 안고 자며, 이따금 합죽선(合竹扇)이라도 펼치면 친환경적 여름 나기로는 제격이리라.

대는 볏과 식물에 해당한다. 벼는 물론 옥수수, 보리, 밀, 갈대 등도 볏과 식물에 속한다. 볏과 식물은 생명력이 강하여 우리가 선호하지만, 무엇보다 먹을거리를 제공하는 곡류가 많아 인기 최고다. 특히 대는 줄기가 목질화(木質化)되고 마디가 튼튼하며 살아갈수록 속을 비움으로써 생명을 연장한다. 그리하여 비록 식물이시만 군자가 본받을 덕성(德性)이 많아 일찍이 사군자(四君子)의 하나로 부르고, 또 많은 문인묵객(文人墨客)의 입과 손에서 자유롭지 못했다.

대는 풀인가 나무인가. 이 논란은 오랫동안 이어져 왔다. 줄기가 딱딱하고 키가 크기 때문에 나무처럼 보여 흔히 '대나무'라고 부르기도 한다. 그러나 대는 풀이다. 대가 나무라면 나이테가 생기고 줄기가 두터워져야 하는데 대는 그렇지 않다. 그렇다면 대는 세상에서 가장 키가 큰 풀이라 할 수 있겠다. 고산(孤山) 윤선도(尹善道)도 연시조 〈오우가(五友歌)〉에서 대가 나무인지 풀인지 궁금해하고 있다.

> 나무도 아닌 것이 풀도 아닌 것이
> 곧기는 뉘 시키며 속은 어이 비었는다.
> 저러고 사시(四時)에 푸르니, 그를 좋아하노라.

키가 크고 단단한 걸로 보면 분명 나무인데, 식물도감에 의하면 상록성 여러해살이풀로 규정하고 있다. 키가 큰 왕대만을 대나무라고 일컫는 때도 있지만, '대'에다 '나무'라는 말을 덧붙이지 말고 그냥 '대'라고 해야 맞는 말이다. '삿대', '장대', '솟대', '바지랑대' 등의 예에서 보면 '대'는 '긴 나무 막대기'를 가리키기도 한다. 하지만 여기의 '-대'도 모두 '대'에서 왔다고 봐야 한다.

왕대는 높이가 30미터, 지름이 30센티미터나 되는 것도 있다. 모든 대는 줄기가 꼿꼿하고 둥글며 속은 비어 있다. 죽절(竹節)은 해를 더할수록 단단해지고, 죽순(竹筍)은 땅속줄기의 마디에서 그야말로 '우후죽순(雨後竹筍)'처럼 돋아나며 식용으로 더없이 좋다. 잎은 좁고 길며 녹색(綠色)이다. 습기가 많은 땅을 좋아하고 생장이 대단히 빠르다. 우리나라에서는 왕대, 솜대(분죽), 오죽(烏竹), 조릿대(신우대) 등이 흔하고 중부 이남과 제주도에 많이 분포하고 있다.

대는 실용(實用)과 식용(食用)은 물론 허심(虛心)과 견절(堅節)만으로도 우리의 사랑을 받을 만하다.

/대/라는 발음은 /다이/에서 왔고, 이는 옛날 중국 남방의 명칭 /뎩/에서 비롯했다고 본다. 일본말로 /다케(たけ)/라고 하는 것도 같은 맥락이다. 한자로는 '죽(竹)'으로 쓰는데, 이는 줄기와 댓잎의 모양을 상형한 것이다.

순우리말 '죽죽'이란 부사어는 한자어 '죽죽(竹竹)'에서 오지 않았나 생각한다. 식물 죽(竹)은 땅에서 위로 '죽죽' 뻗으며 올라가지만, 음식 죽(粥)은 입에서 목줄기를 따라 거침없이 '죽죽' 내려간다. '죽죽'은 '쑥쑥'과도 상통한다. 봄날 쑥이 쑥쑥 돋아나는 모습을 보면 알 수 있다.

대는 속이 비었기 때문에 불에 탈 때 공기의 팽창으로 요란한 소리를 낸다. 그리하여 선조는 정초(正初)에 사람 왕래가 드문 새벽에 문밖에서 대를 태워 잡귀(雜鬼)를 쫓곤 했다. 잡귀가 이 요란한 소리를 듣고 놀라서 도망간다고 믿었기 때문이다. 잡귀를 쫓고 복을 부르는, 이른바 축귀초복(逐鬼招福)의 전통풍습이 우리에게 있었지만 지금은 사라졌다.

중국에서는 오늘날까지도 우리의 설날에 해당하는 춘절(春節)로부터 정월 대보름까지 실로 시끌벅적한 폭죽놀이를 한다. 그들은 아직 폭죽 행위가 귀신을 쫓고 평안을 가져온다고 믿기 때문이다. 공교롭게도 '폭죽(爆竹)'의 중국 발음은 '축복을 알린다'는 뜻의 '보축(報祝)'의 발음과 흡사하다.

방(房) 안에서 새가 날갯짓 하는 글자가 뭘까? 답은 '지게 호(戶)에 깃 우(羽) 자를 쓴 부채 선(扇)'이다. 그렇다면 왜 /선/이라 발음할까? 부채로 부치면 선선하니 붙게 된 것이다.

우리말 '부채'는 '(바람이) 부는[吹 취] 채 〉 불채 〉 부채'로 분석이 가능하다. 부채를 흔들어 바람을 일으키는 동사는 '부치다'다.

紙與竹相婚(지여죽상혼)
生其子淸風(생기자청풍)

종이와 대가 서로 혼인을 하여
그 자식을 낳으니 청풍이로다.

부채의 버금 멋은 직선과 곡선의 절묘한 조화다. 둥글부채든 쥘부채든 모두 직선의 대에 곡선의 종이가 어울려 만들어진다. 둥글부채를 단선(團扇) 또는 방구부채, 쥘부채는 접선(摺扇) 또는 접이부채라고도 한다.

바람처럼 향기처럼 흔적 없이 그들에게 다가가고 싶다. 부채 위에 시구(詩句)를 적어본다.

마음속 새 한 마리

바람처럼 다가가리.

바람 불어 좋은 날

향기처럼 다가가리.

綠風(녹풍)

淸風至心(청풍지심)

扇風至遠(선풍지원)

淸風至遠堅節聳立(청풍지원 견절용립)

時間許多不要急(시간허다 불요급)

淸風徐來月自笑(청풍서래 월자소)

녹색 바람.

맑은 바람이 마음에 이른다.

부채 바람이 멀리 이른다.

맑은 바람이 멀리 가고 굳은 마디 우뚝 섰다.

시간이 많으니 급할 일 없다.

청풍이 천천히 불어오니 달이 절로 미소 짓누나.

봄이면 학생들은 새 학년 새 학기를 맞는다.

왜 학교 가니? 공부하러. 공부해서 무엇하게? 성공하기 위해서……. 모두가 꿈꾸는 '성공(成功)'. 이 성공을 위한 공식은 의외로 간단하다. '준비 + 기회 = 성공'. 다시 말하면 '준비된 사람'이라야 성공할 수 있다는 말이다. 그런 뜻에서 오늘은 '준비(準備)'에 대하여 살펴보고자 한다.

수평 준(準)은 '물 수(氵) + 새매 준(隼)'으로 이루어진 글자다. 물 수(氵)를 보면 일단 '수면처럼 평평함', 곧 '수평(水平)'의 뜻이 있음을 알 수 있다. 새매 준(隼)은 나뭇가지[十십] 위에 덩그렇게 앉아 있는 새[隹추]의 모습으로 '새매'를 가리킨다. 창공을 유유히 나는 새매를 보면 역시 수평을 유지하며 날고 있는 것처럼 보인다. 물은 땅의 수평, 새매는 하늘을 수평을 유지하기 때문에 준(準)은 절대적인 '수평'을 뜻한다. 여기에서 '평평하다[平평]', '고르다[均균]', '법도', '본보기로 삼다' 등의 뜻으로 파생되었다.

여러 가지 다양한 것들이 섞여 있는 중에서 가장 일반적이거나 평균적인 것을 '표준(標準)', 기본이 되는 표준은 '기준(基準)', 평균적인 생활 상태의 정도는 '생활수준(生活水準)', 사물의 정도나 성격 따위를 알기 위한 근거나 기준은 '준거(準據)'다.

그리고 준회원(準會員), 준우승(準優勝), 준결승(準決勝) 등의 예에서처럼 '준(準)' 자는 어떤 명사(名詞) 앞에 붙어서 '그 명사에 비길 만한 구실이나 자격'을 나타내는 접두사로 사용되기도 한다.

또 /준/이란 발음에는 '뛰어나다'는 뜻이 있다. 말 중에 가장 뛰어난 것은 '준마(駿馬)'이고, 사람 중에 가장 뛰어난 사람은 '준재(俊才)'다. 준재(俊才)는 재주와 슬기가 빼어나므로 '준수(俊秀)하다'라고 한다. '준걸(俊傑)'도 '준재(俊才)'와 비슷한 말이다.

갖출 비(備)는 '사람[亻인]이 화살이 꽂힌 화살 통을 차고 있는 모습'이다. 입(卄)은 '화살 깃'이 변한 것이고 용(用)은 통 통(桶) 자에서 보듯이 '통'을 뜻한다. 사람이 먹고살기 위해서는 사냥을 위한 화살을 준비하고 다녀야 함은 당연한 이치다. 여기에서 '준비하다', '갖추다'의 의미가 생성되었다.

참고하기 위하여 갖추면 '비고(備考)', 골고루 갖추면 '구비(具備)', 갖추어두는 행위는 '비치(備置)', 갖추어둔 물건은 '비품(備品)', 미리 갖추어 쌓아둠은 '비축(備蓄)', 대응하기 위하여 갖춤은 '대비(對備)', 잊어버리지 않기 위해 갖춘 기록은 '비망록(備忘錄)'이라고 한다. 유비무환(有備無患)은 '미리 준비해두면 근심할 것이 없다'라는 뜻으로, 《서경(書經)》에 나오는 말이다.

준비된 학생(學生)은 마음이 한가롭고, 또 3월이 기다려질 것이다. 새 학기 준비물로 학용품(學用品), 참고서(參考書), 가방, 실내화(室內靴) 등 여러 가지가 있겠지만 무엇보다 '마음 다짐'이 가장 중요한 준비라고 생각한다.

설날이란 한 해의 뜻을 세우는 날이다. '설'의 어원이 한 살, 두 살 할 때의 '살'에서 왔다고 하나 뜻을 세운다는 의미에서 보면 '서다, 세우다[立립]'의 미래형 '설, 세울'에서 왔다고 볼 수 있다. 따라서 설날을 한자어로 나타내면 입일(立日)이 된다. 새해가 섰으니 뜻을 세우고, 미래를 설계하기 위해서는 덕담(德談)을 잘 새겨들어야 한다.

들을 청(聽) 자의 오른쪽 덕(悳)은 덕(德) 자의 원형이다. 聽 자는 귀[耳이]를 쫑긋[王정] 세우고 덕담을 경청하는 모양이다. 최고의 설득술은 경청에 있다. 남의 말을 진정으로 잘 들어야 하는 큰 집 [广엄]이 시청(市廳), 도청(道廳), 구청(區廳) 등과 같은 관청(官

廳)이다. 관청 청(廳) 자를 보라. 민원을 잘 듣는 일이 관청의 가장 중요한 임무라는 얘기다.

영원히 살 것처럼 배우고, 내일 죽을 것처럼 베풀라는 격언이 있다. 나도 평생 배우면서 살지만 가르치는 일을 직업으로 살다가 보니, 늘 어떻게 하면 학생들의 가슴을 뜨겁게 만들어줄 수 있을까 하고 골똘히 생각하게 된다. 진정한 가르침이란 제자로 하여금 벅찬 감동을 안고 희망의 길을 걸어 성공의 고지를 정복하게 하는 데에 있다.

아무리 훌륭한 성공 노하우를 전한다 해도 여기엔 진정성이 문제가 된다. 진정성이 없이는 가르쳐도 선생이 될 수 없으며, 베풀어도 벗이 될 수 없다. 선거에서도 진정성이 없는 후보는 좋은 공약(公約) 대신에 빌 공(空) 자 공약(空約)만 남발한다. 진정(眞情)이란 가슴 밑바닥에서 나오는 대상에 대한 애정을 가리킨다. 참되고 애틋한 정으로 다가가서 상대방의 마음을 움직이고 행동으로 연결하게 할 수 있을 때 진정한 진정성의 효과가 나타나는 것이다.

사람들은 누구나 성공하고 싶어 한다. 많은 이들이 성공 비법을 이야기하지만 따지고 보면 비법이란 비밀스러운 특별한 방법이 아니라 지극히 평범한 데 있다. 최초의 운전면허증은 운전면허증이 없는 사람이 만들어주었다. 성공하지 못한 사람이 성공의 길을 안내한다는 것이 쑥스럽긴 하지만 직업상의 습관이니 용서하길 바란다.

첫째는 건강한 신체다. 우리의 정신은 몸뚱이라는 단칸방에서 한 평생 세 들어 산다. 이 세상 마지막 날에 몸뚱이는 원 소유주인 대지에게 돌려주고 영혼만 하늘로 올라간다. 미우나 고우나 내 영혼을 거부하지 않고 받아들여 일생 챙겨주는 것만으로도 몸에 감사하며 몸 청소 잘하고 쾌적한 몸 환경을 꾸려나가도록 노력해야겠다. 건강 없이는 아무것도 없다.

둘째는 약속(約束) 지키기이다. 장부의 말 한마디는 천금보다 무겁다고 하지 않았는가. 글자의 모양으로 보면 약(約)은 실로 묶음이고, 속(束)은 나뭇단을 묶어놓은 모습이다. 곧 약속은 양자 간 시공간의 묶음이다. 약속은 하는 순간 자신의 자유를 내놓고 스스로 구속하는 일이다. 구속이 싫으면 약속일랑 아예 하지 말 것이며, 일단 약속했다면 반드시 여유롭게 지켜야 한다.

셋째는 준비하는 일이다. 세상에는 생각보다 준비 없이 기회만 노리는 이들이 너무나 많다. 자기 전공 분야에 대한 실력을 미리 무장해놓고 나서 때를 기다려야 한다. 준비해놓고도 기회가 오지 않아 성공하지 못하는 경우도 있다. 정녕 기회가 찾아오지 않더라도 준비된 자의 마음만은 편안하지 않은가.

넷째는 메모하는 일이다. 둔한 붓이 총명함보다 낫다. 적지 않아 불안해하는 것보다 적어놓고 여유를 갖는 편이 현명하다. 자기를 가장 정확하게 만드는 일이 메모하는 일이다. 남들이 본다고, 펜을 꺼내어 메모하면 낯이 깎인다고 생각할지 모른다. 하지만 메모를 하며 붙은 실력은 영원할 것이다.

다섯째는 창의적 독서이다. 무작정 독서를 많이 하는 것도 옳지 않다. 이는 수동적인 인간을 만들고 만다. 우리네 같은 범인은 독서를 통하여 지식을 얻고 지혜의 샘에 이를 수 있다. 예비지식을 쌓은 뒤에 독서를 해야 창의력이 솟구친다. 이른바 스키마 (schema) 독서법이다. 곧 사전에 예비지식과 의문을 가지고 독서를 할 때 창의적이 아이디어가 솟구친다.

여섯째는 전문가의 조언이다. 선생님이나 선배 또는 자기가 개척하고자 하는 분야의 선험자로부터 조언을 들어야 한다. 직업 분야는 말할 것도 없고 취미 생활도 마찬가지다. 우리 사회는 묻기를 부끄러워하는 경향이 있다. 주저하지 말고 전문가의 조언을 귀담아들어야 한다. 전문가는 나의 길라잡이라고 할 수 있다. 묻는 순간 앞길이 환하게 다가온다. 내 운명이 바뀔지도 모를 일이다.

일곱째는 긍정의 미학이다. 하면 된다는 무한한 자기 긍정의 힘을 믿어야 한다. 자신과 환경에 대한 긍정으로 무한 가능성의 잠재의식을 일깨워야 한다. 희망과 행복도 긍정에서 나온다. 밝은 면을 보면 심신도 밝아지고, 어두운 면을 보면 심신도 어두워진다. 긍정적 생각은 성공을 낳고, 부정적 생각은 실패를 낳는다. 선택은 나의 몫이다. 살다가 보면 좌절도 많고 자신에 대하여 화 (火)가 날 때도 잦다. 성공한 사람들은 화를 내지 않는 사람들이 아니라 화를 바르게 사용한 사람들이다. 긍정의 미학이란 화(火)를 화(和)로 조절할 줄 아는 사람이다.

앞으로는 더욱 '라온 마음'으로 성공을 위한 덕담을 나눠야겠다. 뭔가 모르게 덕담을 통한 '이룸 예감'이 든다.

바
람
과
믿
음

우리의 바람[希희]은 바람[風풍]이요, 우리의 믿음[信신]은 미[水수]
다. 인간은 그물에 걸리지 않는 바람처럼 자유롭고, 환경을 탓하
지 않는 물처럼 믿음직하게 살고 싶어 한다. 바람[風풍]은 자신의
얼굴을 드러내지 않고도 지구를 썩지 않게 하고 산소를 공급해주
며, 물은 낮은 곳으로 흐르며 자신을 겸손하게 지키면서도 삼라
만상에 스며들고 모든 동식물에게는 영양분을 실어 나른다.
바람과 물의 덕은 부드러움에 있다. 그 부드러움으로 자연이란
멋진 조각 작품을 낳는다. 특히 산 위의 장엄한 바위나 바닷가의
옹골찬 조약돌의 아름다움을 응시하다가 보면 그 조각 작품의 주
인공은 다름 아닌 바람과 물이라는 사실을 깨닫게 된다.

그런데 우리의 바람과 믿음으로도 멈출 수 없는 것은 시간이요, 극복할 수 없는 것은 공간이다. 시간(時間), 공간(空間), 인간(人間)은 삼 형제다. 돌림자가 있기 때문만은 아니다. 인간은 즐거운 시간과 아름다운 공간 속에서 삶을 영위해나가고 싶어 하기 때문이다. 시간은 영원하기에 멈춤 없이 흘러가고 공간은 무한하기에 경계 없이 굴러가지만, 인간은 영원하지도 무한하지도 못 하기 때문에 치고받으며 살아간다. 그러고 보면 싸우면서 살아가는 인간의 모습도 영역 다툼, 먹이 다툼, 이성 쟁취를 위해 처절하게 싸우는 동물과 다를 바 없다. 그런 의미에서 보면 전쟁이란 집단 이기주의에서 나온 피할 수 없는 자연현상 중 하나일지도 모를 일이다.

따라서 인간이 건강을 찾는 일은 시간을 극복하고자 함에서, 넓은 땅과 집을 구하고자 하는 것은 공간을 극복하고자 함에서 비롯한다고 볼 수 있다. 돈을 벌고자 함은 위의 두 가지를 어느 정도 가능케 해주기 때문이리라. 금(金)이나 원유는 유한(有限)하다. 독도와 같은 섬은 물론 수면 위로 나타나지 않은 이어도조차도 유한하다. 인간이 유한한 시공을 얻기 위해 유한한 돈을 벌려고 버둥거리다가 유한한 생을 마감한다는 사실이 서글프다.

이 유한을 극복하는 방법은 없을까. 그 대안으로 찾아낸 것이 종교, 예술, 철학 따위라고 생각한다. 유한한 인간이 종교, 예술, 철학이란 타이틀을 내걸고 무한을 꿈꾸며 살아가다가 생을 마감한다는 사실이 거룩하기도 하다.

인간은 좁은 육신을 짊어지고 짧은 인생을 굴리며 살아가다가 생을 마감한다. 종교는 무한의 공간인 극락과 천국을 제시하고, 영원히 죽지 않는 환생과 영생을 약속하고 있다. 예술은 인간이 시간의 경계를 잊어버리도록 노래하게 하고, 공간의 경계를 잊어버리도록 그림을 그리게 한다. 그리고 철학은 인간의 이러한 모든 소망을 실현 가능케 하는 '생각'이라는 위대한 힘을 우리에게 선물했다.

신체에서 가장 높은 곳에 있는 것이 머리다. 이것은 머리를 쓰면서 살아가라는 무언의 가르침이다. 눈은 왜 입보다 위에 있을까. 적게 말하고 많이 보라는 뜻일 것이다. 귀는 왜 입보다 위에 있을까. 적게 말하고 많이 들으라는 뜻이다. 게다가 입은 하나인데, 눈과 귀는 각각 두 개씩이나 된다. 이는 더더욱 많이 보고, 더욱더 많이 들으며 살아가라는 뜻일 것이다.

어디 더 깊이 생각해보자. 눈은 보기만 하고 귀는 듣기만 하면 되지만, 입은 먹으랴 말하랴 바쁘기만 하다. 눈과 귀는 각각 두 개씩이나 되면서도 보고 듣는 입력(入力) 기관의 역할만 하면 되지만, 입은 하나밖에 없으면서도 먹어야 하는 입력(入力) 기관의 역할과 말해야 하는 출력(出力) 기관의 역할을 동시에 해야 한다.

두 눈은 앞쪽을 향해 있으나, 두 귀는 좌우를 향해 있다. 두 눈이 앞쪽으로 나 있는 것은 옆도 뒤도 돌아보지 말고 '앞만 보고 가라'라는 뜻이 아닐까. 두 귀가 서로 반대쪽에 있는 것은 '반대쪽의 의견도 모두 균형 있게 들어라'라는 의미가 아닐까. '한쪽 귀로 듣고 한쪽 귀로 흘려보내라'라는 의미는 절대 아닐 것이다.

코는 왜 길고 아래로 향해 있을까. 공기의 동로가 긴 것은 찬 공기는 덥게 하고, 더운 공기 차게 하여 알맞은 온도를 폐에 공급하고자 그렇겠지. 아래로 향한 것은 혹여 비가 오더라도 빗물은 배제하고 공기만을 받아들이기 위해서겠지. 코는 얼굴에서 가장 돌출한 부분이라서 자존심을 상징하기도 한다. 자존심이 너무 강하여 일을 그르칠 정도이면 '큰코다친다'라고 하며 주의를 준다.

그럼 폐가 신장보다 위에 있는 까닭은 무엇일까. '폐로는 하늘을 호흡하고, 신장으로는 대지를 비옥하게 만들라'라는 뜻이리라.

손은 발보다 위에 있다. 왜 그럴까. 인간은 발로 이동하여 손으로 먹고살기 때문에 구태여 그 중요성을 얘기하라면 손이 더 소중하다고 본다. 현대로 올수록 교통수단의 발달로 발의 역할은 점차 줄어들고, 손의 역할은 점차 커지고 있다. 컴퓨터와 스마트폰이 나오고 나서 두 손은 더욱더 바빠졌다.

나무에는 가지[枝지]가 있듯이 인간에게는 사지[肢지]가 있다. 그래서 왕년에는 사지선다(四枝選多)형의 문제가 많았다. 사지선다형이란 네 가지 선택지 가운데 가장 적당한 답을 고르는 문제 방식이다. 이것은 인간의 사지(四肢)를 보고 만들어낸 문제유형이 아닐까. 그러나 요즈음은 오지선다(五枝選多)형의 문제가 대세다. 이것은 문제를 푸는 인간의 한 손가락이 다섯 개인 것을 보고 만들어낸 문제유형이 아닐까.

우리 몸의 어느 부위인들 중요하지 않은 곳이 있으랴. 평생 우리의 영혼이 세내어 사는 하나뿐인 몸. 하루에도 아침, 점심, 저녁으로 세 차례나 집세를 달라고 조르는, 더러는 간식까지 요구하는 옴팡진 몸이다.

이러한 몸을 왕(王)으로 모시는 비법이 있다. 벌렁 땅[土토]에 드러누워 보시라. 내 몸이 '흙 토(土)' 위에 '한 일(一)' 자를 이루니 '임금 왕(王)' 자가 된다. 땅에 누우면 누구나 다 왕이 된다.

성_成년_年의 날

5월 셋째 월요일은 '성년의 날'이다. '성년'이란 어른이 되는 성년 (成年)일까, 성이 자유로워지는 성년(性年)일까, 기운이 왕성한 성년(盛年)일까. 발음이 비슷하면 뜻도 통한다. 모두 어울리는 말이지만 '성년(成年)의 날'이 맞다.

성년(成年)이란 신체나 지능이 성숙하여 자주적으로 법적 권력을 행사할 수 있다고 간주하는 나이를 말한다. 성년(成年)이라 할 때의 이룰 성(成) 자는 '정(丁) + 무(戊)'로 이루어진 글자다. 정 (丁)과 무(戊)는 각각 십간(十干)의 넷째와 다섯째의 천간에 해당하는 글자다. 정(丁)이란 식물이 우뚝 자라서 쓰러지지 않을 정도로 튼튼한 것을, 무(戊)란 무성하게 다 자란 모습이다. 따라서 성

(成)은 자랄 대로 다 자라서 튼실한 상태가 된 것을 뜻한다.

성년(成年)의 날이란 성년이 되는 것을 기념하여 국가에서 정한 날이다. 우리나라에서는 만 19세가 되는 젊은이들에게 국가와 민족의 장래를 짊어질 성인(成人)으로서의 자부심과 책임을 동시에 부여하는 날이기도 하다. 술 마시고 담배 피우고 연애할 수 있는 자유를 주지만, 그에 따르는 책임도 녹록지 않음을 명심해야 한다. 성인(成人)이 된다는 것은 성인(聖人)은 못 되어도, 성인(成仁)은 해야 한다는 뜻이다. '인(仁)', 곧 '사랑과 덕'을 갖추어야 진정한 성인이 될 수 있다는 얘기이다.

우리나라에서는 성년의 날을 '5월 셋째 월요일'로 정한 게 재미있다. 인생을 1년으로 칠 때 5월은 성년이 되는 때쯤으로 볼 수 있다. 흐드러지게 피웠던 그 치명적인 아름다운 꽃을 아낌없이 훌딱 벗어버리고 이제 열매 맺을 준비를 하는 때다. 24절기로 볼 때는 여덟 번째의 절기(양력 5월 21일경)인 소만(小滿)에 해당한다. 소만은 만물이 점차 생장(生長)하여 가득 차는 절기다. 이제까지는 자신의 내면을 채우기에 급급했지만, 성년이 되고부터는 넘치는 부분이 있거들랑 남에게 봉사도 해야 한다. 성년의 또 다른 의미는 지금까지 배운 것을 나눌 때가 되었다는 공유의 뜻을 포함하고 있다. 그런데 어찌하여 셋째 주일까? 셋이란 숫자는 '서다', '세우다'에서처럼 '자립(自立)'을 상징하기 때문일 것이다. 왜 하필이면 월요일일까? 새로운 출발을 하라는 의미가 아닐까.

성년의 날에 대한 인식은 나라마다 차이가 있지만, 외형적으로 보면 일본이 단연 가장 성대하게 치른다. 일본에서는 '성인의 날

(成人の日)'이라 하여 메이지유신 이전에는 음력 정월 1월 15일로, 이후에는 양력 1월 15일로 했다가 2000년부터는 매년 1월 둘째 월요일을 성년의 날로 정하여 큰 행사를 치르고 있다. 미국은 투표권과 관련하여 성년을 20세에서 18세로 낮추었다. 성년을 21세로 치는 독일, 프랑스 등의 나라도 있고, 23세로 치는 네덜란드와 같은 나라도 있지만, 대개 20세를 기준으로 하고 있다.

전통적인 의례로 관혼상제(冠婚喪祭)가 있다. 이는 관례·혼례·상례·제례를 가리키는데, 이 중 처음으로 치르는 관례(冠禮)가 오늘날의 성년식이라 할 수 있다. 관례란 '갓 관(冠)' 자가 말해주듯이 청소년이 머리에 관을 쓰고 성년이 되는 의식으로 주로 양반계층에서 행해졌으며, 일반 백성과는 무관한 것이었다. 여자의 경우는 계례(笄禮)라 하여 대개 혼례식의 일환으로 혼례 직전에 행하는 것이 보통이었다. 계례란 약혼할 때 여자가 땋았던 머리를 풀고 쪽을 찌던 의식으로 '비녀 계(笄)' 자가 말해주듯이 쪽진 머리를 뒤로 동여 묶고 비녀를 꽂는 의식이라 할 수 있다.

장가든 남자가 머리털을 끌어올려 정수리 위에 틀어 감아 맨 것을 '상투'라고 한다. 상투의 상징적 의미는 '하투(남성의 생식기)'가 다 자랐음을 의미한다. 그리고 여성이 머리를 쪽 찌기 위해 이마에서 정수리까지의 머리카락을 양쪽으로 갈랐을 때 생기는 금을 '가르마'라고 한다. 이 '가르마'의 상징적 의미는 '밑가르마(여성의 생식기)'가 그만큼 성숙했음을 뜻한다.

남자는 어른이 되었다는 표시로 관례를 치르고 나서 어른 앞에서 술을 마시는 법을 배운다. 어른이 주는 술을 예의 바르게 받아 마심으로써 이날부터 음주가 가능했고 본명(本名) 외에 '자(字)'라는 이름을 받음으로써 성년이 되었음을 세상에 알린다.

오늘날 성년의 날에는 흔히 장미 스무 송이와 향수를 주고 키스를 한다. 장미 스무 송이는 스무 살의 열정을, 향수는 인품을, 키스는 사랑을 뜻하리라. 스무 살! 그 빛나는 청춘에 힘찬 갈채를 보낸다.

성년의 날에 성년을 맞이하는 젊은이들에게 축하의 메시지를 붓으로 써서 보여주곤 하는데 금년의 내용은 다음과 같았다.

　　　　歲不我延(세불아연)

　　　　靑雲之志(청운지지)

　　　　熱情再生(열정재생)

　　　　세월은 나를 기다리지 않으니

　　　　출세할 뜻을 품고

　　　　열정으로 거듭나라.

유지경성(有志竟成)이라 했다. 뜻이 있으면 마침내 이루어진다. 《노자(老子)》에서는 대기면성(大器晚成)이라 했다. 늦을 만(晚)을 여기서는 면할 면(免)으로 읽어야 한다. 왜냐하면 진정으로 큰 그릇은 완성이 없기 때문이다. 크게 될 인물일수록 오랜 공적을 쌓아 늦게 이루어짐의 지혜를 터득해야 한다.

춘불경종 추후회(春不耕種秋後悔)라 했다. 봄에 밭 갈고 씨 뿌리지 않으면 가을이 된 후에 후회하게 된다. 도연명(陶淵明)의 〈잡시(雜詩)〉 중에 나오는 구절로 종을 쳐볼까 한다.

盛年不重來(성년부중래)
一日難再晨(일일난재신)
及時當勉勵(급시당면려)
歲月不待人(세월부대인)

젊은 시절은 거듭 오지 않으며
하루에 새벽을 두 번 맞지는 못 한다.
때를 놓치지 말고 부지런히 일하라.
세월은 사람을 기다려주지 않느니.

길을 걷는다. 몰라볼 정도로 잘 정리된 추억의 고향 들길을 편안한 마음으로 걷는다. 자동차는 도로표지판과 내비게이션을 보고 운전하지만, 내 몸은 길 도우미인 눈과 귀로 판단하고 걸어간다. 바로 가든 돌아가든 미국 시인 프로스트처럼 '가지 않은 길'에 대한 미련은 떨칠 수 없다. 우리의 인생길은 한 몸뚱이의 외길밖에 허락되지 않으니 말이다.

자전거를 탈 때 오르막길을 만나면 힘들다가도 내리막길을 만나면 덤으로 간다는 생각에 콧노래가 절로 나온다. 그 상쾌한 기분은 오르막길을 오르지 않았다면 결코 누릴 수 없는 즐거움이다. 설령 내 인생길이 현재 오르막길일지라도 짜증 내지 말자. 분명히 오르막길이 있으면 내리막길이 있을 것이다.

본래 땅 위에는 길이 없었다. 걸어 다니는 사람이 많아지면 곧 길이 되는 것이다. 많은 사람이 다니면 큰길이 된다. 인간도 자주 만나야 정(情)의 길이 생기는 법이다. 그런데 없는 길을 만들어가는 개척의 길은 누구에게나 힘든 길이다. 누군가 나를 믿고 나의 잘못된 길을 따라올지도 모르기 때문에 길이 아닌 곳을 걸을 때는 심각하게 고민을 해야 한다. 이러한 고민은 서산대사(西山大師)의 게송에서 살펴볼 수 있다. 백범(白凡) 김구(金九) 선생도 이 게송을 유달리 좋아하여 먹 자취를 남긴 바 있다.

踏雪野中去(답설야중거)
不須胡亂行(불수호란행)
今日我行跡(금일아행적)
遂作後人程(수작후인정)

눈을 밟으며 들판을 갈 때는
함부로 어지러이 걸어가지 말라.
오늘 내가 지나간 발자국은
후인의 이정표가 되고 말지니.

들길은 다시 산길로 이어진다. 눈앞에 길이 길게 놓여 있다. 길다고 길인가. 그 길이 주목받고 있다. 길은 길을 걷는 자에게 길의 저편에 길(吉)함이 있으리라는 기대를 하게 한다. 기대가 있기 때문에 길을 걷는 자가 생기고 여러 사람이 다님으로 큰길이 생긴다.

길도 많다. 앞길, 뒷길, 옆길에 산길, 들길도 있고, 물길, 하늘길이 열리나 했더니, 요즈음엔 올레길, 둘레길 등 새로운 길이 줄곧 생기고 있다. 걷기 문화의 열풍에 따라 만들어지는 길이다. 마음먹고 떠나야 하는 제주도 올레길이나 지리산 둘레길은 물론이고 산과 내를 끼고 있는 시골 마을에서도 올레길, 둘레길 만들기에 한창이다.

《사기(史記)》에 '도리불언 하자성혜(桃李不言下自成蹊)'라는 말이 있다. '복숭아나 자두 같은 과실이 익으면 사람을 부르지 않아도 따 먹으러 모여들어 자연히 그 아래에 길이 생긴다'는 뜻이다. 《명심보감(明心寶鑑)》에 '노요지마력 일구견인심(路遙知馬力日久見人心)'이라는 말이 있다. '길이 멀어야 말의 힘을 알 수 있고, 오래 지나야 사람의 마음을 알 수 있다'는 뜻이다. 여기에서 길은 통행하는 길, 도로를 가리킨다.

맹자(孟子)는 '의자인지정로야(義者人之正路也)'라 했다. '의(義)라는 것은 사람이 가야 할 바른길이다'라는 뜻이다. 여기에서 길은 도리를 가리킨다고 할 수 있겠다.

한자에도 길을 뜻하는 글자가 여럿 있다. 길 로(路) 자는 '족(足) + 각(各)'으로 분석할 수 있다. 족(足)의 '지(止)'는 나가는 발이요, 각(各)의 '치(夊)'는 돌아오는 발이다. 족(足)의 구(口)는 발의 윗부분을, 각(各)의 구(口)는 움집 입구를 가리킨다. 일을 마치고 제각기 집으로 돌아오는 모습에서 '각각 각(各)' 자가 만들어졌고, 결국 '길 로(路)'는 '집에서 나가고 돌아오는 길'의 의미가 된다.

경(逕)은 좁은 길을, 경(徑)은 지름길을, 가(街)는 네거리를 가리
킨다. 도리(道理)를 뜻하는 도(道) 자도 나중에는 도로(道路)라고
할 때처럼 길의 의미로 확장된다. 강원도(江原道)에서처럼 도
(道) 자가 행정구역 단위로도 사용되는데, 이는 도(道)라는 행정
단위가 길을 중심으로 만들어졌기 때문이다.

사람이라고 할 때의 'ㅅ'이나, 한자 사람 인(人)을 보면 두 갈래 길
이 서로 만나는 이미지다. 인간은 근원적으로 외로운 존재이므로
온라인이든 오프라인이든 끊임없이 만나고 싶어 한다. 회자정리
(會者定離)를 알면서도 꼭 만나고 싶어 한다. 사랑으로 만나면 헤
어질까 두렵고, 미움으로 헤어지면 만날까 걱정된다.

큰 안목으로 보면 만남도, 헤어짐도 없다. 무한으로 유한을 보면
유한의 연속이 곧 무한이다. 조선 중기 학자 김인후가 엮은《백련
초해(百聯抄解)》의 한 연(聯)이다.

山外有山山不盡(산외유산 산부진)
路中多路路無窮(노중다로 로무궁)

산 밖에 산이 있으니 산이 다함이 없고
길 가운데 길이 많으니 길이 끝이 없네.

인생길은 끝이 있는 길이다. 꽃 피듯 화려하게 나타났다가 잎 지
듯 훌쩍 끊어지고 마는 삶. 짧은 인생이지만 영생을 꿈꾸고 좁은
육신이지만 우주를 꿈꾸는 존재가 인간이다.

조율시리
棗栗柿梨

명절에는 고향을 방문하는 민족대이동(民族大移動)이 계속되고
있다. 명절을 전후하여 뭍길은 물론 바닷길, 하늘길까지 귀성객
들로 빼곡하다. 명절을 쇠러 명절빔을 차려입고 길을 떠나는 마
음은 하늘처럼 휑하다. 하늘의 구름처럼 외롭게 살아가다가 헤어
진 피붙이를 만나 쌓였던 얘기를 들판처럼 나눈다.

떠들썩하게 명절 전날을 보내고 나면 명절 아침에는 어쩔 수 없
는 경건으로 차례상 앞에 둘러서서 차례(茶禮)를 지내게 된다. 차
례상은 유별나게 푸짐한데, 제물을 진설(陳設)하는 데에는 집안
에 따라 복잡한 격식이 있다.

차례상은 대체로 다섯 줄로 진설되는데, 우리의 경우는 조상이

앉아 계시는 신위(神位) 입장에서 생각하여 진설한다. 첫째 줄은 젯메, 송편 등의 주식, 둘째 줄은 젓가락으로 집기 어려운 적(炙) 종류, 셋째 줄은 숟가락으로 떠서 드실 탕(湯) 종류, 넷째 줄은 안주용 포와 나물 및 가끔 들고 마실 식혜, 끝줄은 디저트용 과일과 과자를 놓는다. 또 신위 쪽에서 봤을 때 오른쪽에서부터 대추, 밤, 감, 배, 기타 과일, 과자 순으로 놓는다. 여기에서 특히 대추, 밤, 감, 배 등은 빼놓을 수 없는데 이를 조율시리(棗栗柿梨)라고 한다.

그런데 차례상 또는 제사상을 진설하는 데에는 말들이 많다. 좌우(左右)와 동서(東西)가 헷갈리고, 신위(神位) 중심이냐 제관(祭官) 중심이냐에 따라 달리 해석되기 때문이다. 여기에서 생겨난 한자성어가 '타인지연 왈리왈시(他人之宴曰梨曰柿)'다. '남의 잔치에 배 놓아라 감 놓아라' 한다는 뜻으로, 남의 일에 공연히 간섭하고 나섬을 비유하여 이르는 말이다. 우리 속담은 '남의 제사에 감 놓아라 배 놓아라 한다'인데 순서만 다를 뿐 같은 의미다. 재미있는 것은 감과 배의 순서 때문에도 아직 논란이 많다는 사실이다. 진설 방법은 어느 것이 옳다고 말할 수 없다. 각 집안에 전해오는 관습에 따르는 것이 마땅하다.

놀라운 것은 제상 과실의 상징적 의미다. 대추가 가장 먼저인 것은 씨가 하나로 한 분뿐인 임금을 뜻하고, 밤은 한 송이에 세 톨이 박혀 있으므로 삼정승(三政丞)을 나타낸다. 그리고 감(곶감)과 배의 씨앗은 각각 여섯 개, 여덟 개이므로 육조판서(六曹判書)와 팔도관찰사(八道觀察使)를 대신한다. 그 외 참외, 수박, 포도 등을 올리기도 하는데 이러한 과일은 씨가 많으므로 수많은 백성 (百姓), 곧 억조창생(億兆蒼生)을 가리킨다고 볼 수 있다. 그리고 보니 차례상에는 한 나라의 모든 분을 모신 형국이다. 거꾸로 생각하면 선조는 자연의 열매를 보고 국가 체제를 만든 듯하다.

대추는 한자로 대추 조(棗)라고 한다. 갈고리 모양의 가시 네 개가 보이는가. 대추는 대조(大棗)에서 온 말로 다른 이름은 목밀(木蜜)인데 이름처럼 잘 익으면 꿀맛이 난다. 조상(祖上)과 조정(朝廷) 대신을 모심에 대조(大棗)가 없을 수 없다. 대추나무에는 가시가 많아서 가시 자(朿) 둘을 위아래로 붙여 썼다. 옆으로 붙여 쓰면 가시 극(棘)이 된다. 가시와 칼로 함께 찌르는 무서운 글자는 찌를 자(刺)다. 가시와 창으로 동시에 찌르면 자극(刺戟)이요, 말로 변죽을 울리며 찌르는 것은 풍자(諷刺)다.

밤은 밤 율(栗)로서 전서에는 나무 위에 가시 달린 밤송이 세 개가 붙어 있다. 밤에는 가시가 있으니 전율(戰慄)을 느끼게 한다. 나중에 '두려워하다'는 뜻의 한자로 두려워할 율(慄) 자를 새로 만들었다. 지금 중국에서는 간체자 栗(율)로 통용하고 있다.

감은 감 시(柿)로서 쉽게 시(枾)로 쓰기도 한다. 시(柿) 자는 갑골문과 금문에는 보이지 않고 소전에 처음 보이는데 시장 시(市)가 발음을 나타낸다. 익기 전에는 청색으로 떫은맛이 나지만 익으면 안팎이 붉은색으로 단맛이 난다. 껍질을 깎아 만든 곶감은 적갈색으로 달콤하면서도 변하지 않는 것이 특색이다. 이러한 곶감은 연중 보관하기가 쉽고, 따라서 시장에 내다 팔기에 좋으므로 시(市) 자를 붙인 것이다.

배는 배 리(梨)로서 '이로울 리(利) + 나무 목(木)'으로 이루어진 글자로 '이로운 나무'라는 뜻이다. 속담에 '배 먹고 이 닦기'란 말이 있듯이 얼마나 이롭고 유용한 과일인가. 후식으로도 커피와 비길 수 없는 최고 명품이다. 이화(梨花), 황리(黃梨)의 예가 있다.

여기서 리(利) 자를 살펴보자. 이 글자는 본래 '날카롭다'의 뜻이었다. 칼[刂도]로 벼[禾화]를 베는데, 벼알이 뚝뚝 떨어지는 모습이다. 즉, 칼날이 날카롭다는 데에서 출발하여 의미가 확장되어 '이롭다'의 뜻도 지닌다. 예리(銳利), 권리(權利), 이용(利用), 이익(利益) 등의 예가 있다.

휴식 없는 휴가 없다
休息 休暇

감탄사 '후유'를 줄여서 '휴'라고 한다지만, 한자 쉴 휴(休) 자와 발음이 같다. 이 말은 어려운 일을 끝내거나 고비를 넘겼을 때 크고 길게 내쉬는 소리이기도 하지만, 일하는 도중 그 일이 너무 고되어 힘에 부치거나 시름이 생길 때 나오는 소리이기도 하다.

OECD 국가 중 한국인이 가장 많은 시간을 일하는 것으로 보도되고 있다. 열심히 일하다가 보니 사실 쉴 시간이 없는 형편이다. 그러니 어쩌다 생긴 휴가라도 쉴 줄을 몰라서 어정쩡하게 넘기기 일쑤다.

어느 광고 카피가 생각난다. "열심히 일한 당신, 떠나라!" 일에 대한 계획만큼이나 휴식에 대한 계획도 매우 중요하고, 또한 멋지

239

게 쉴 줄 알아야 한다. '재(財) 테크'만큼이나 '휴(休) 테크'도 필요하다.

동사 '쉬다'에서 형용사 '쉽다'라는 말이 나왔다고 본다. 쉬는 것만큼 쉬운 일이 없다는 얘기일까. 반기니 반갑고, 즐기니 즐겁듯이 쉬니 쉽구나 하는 식이다. 그러나 경쟁이 치열한 사회에서는 그냥 쉰다는 것이 또 하나의 스트레스가 될 수도 있다.

'쉼'에 해당하는 한자어는 '휴식(休息)'이다.

쉴 휴(休) 자는 누가 봐도 알 수 있듯이 일하고 난 뒤에, 아니면 새 일을 구상하기 위해, 어쩌면 하고 싶어도 할 일이 없어 나무 밑에서 쉬고 있는 사람의 모습이다. 쉰다는 것은 필요한 일이고, 새로운 일을 위한 충전의 시간이다. 알고 보면 사람만이 쉬는 게 아니다. 밭도 쉬어야 하니, 이를 휴경(休耕)이라 한다. 땅에도 힘을 불어넣어 주기 위하여 부치던 땅을 얼마간 묵히기도 하는 것이다.

사실 진정한 쉼의 의미는 쉴 식(息) 자에 다 들어 있다. 식(息) 자는 '자(自) + 심(心)'으로 구성되어 있다. 여기의 자(自)는 '코'를 가리키고 심(心)은 '심장'을 뜻한다. 진정한 휴식이란 '코로 숨 쉬고 심장이 뛰는 일 외에는 아무 일도 없는 상태'인 것이다. 다시 말하면 생존을 위한 최소한의 자율신경계의 움직임 외에는 아무 일도 하지 않는 것이 참된 휴식이란 말이 된다.

그런데 우리 사회는 휴일(休日)에 쉬지 않고 지나친 놀이로 인하여 오히려 몸을 더 혹사시키는 경우가 많다. 그래서 생긴 병이 '명절증후군', '휴가후유증', '월요병' 등이다.

따지고 보면 영원한 휴식은 영면(永眠)인데, 동양에서는 코를 가리키는 자(自)에 중점을 두어 '숨을 거두었다'라고 하고, 서양에서는 심장을 가리키는 심(心)에 중점을 두어 '심장이 멈추었다'라고 표현한다.

여행 중 잠시 쉴 수 있는 방이 휴게실(休憩室)인데, 여기의 쉴 게(憩) 자 역시 휴(休) 자, 식(息) 자와 마찬가지로 '쉬다'의 뜻이다. 그런데 식(息) 옆에 '혀 설(舌)' 자가 붙어 있는 게 재미있다. 이는 적당한 먹을거리로 배를 달랠 수도 있고, 남에게 방해를 주지 않는 범위 내에서 자분자분 대화도 나눌 수 있다는 점을 시사하고 있다. 따라서 문자학적으로 보면 휴식(休息)은 말없이 쉬는 것이요, 휴게(休憩)는 대화를 나누면서 쉬는 것이라 할 수 있다.

여름에는 피곤하지 않은 진정한 휴식을 위하여 휴가(休暇)를 내자. 휴가의 겨를 가(暇) 자는 '날 일(日) + 빌릴 가(叚)'로 이루어져, 쉬기 위한 날[日]을 직장으로부터 빌린다[叚]는 뜻이다. 1년에 일정한 기간을 쉬도록 해주는 유급휴가를 연가(年暇)라 하는데, 연가를 얻기 위해서는 청가(請暇)를 해야 한다. 촌가(寸暇)라도 내어 망중한(忙中閑)의 여유를 누려보자. 휴가 때 몸을 더 혹사시키면 설상가상(雪上加霜)이다. 적어도 마지막 하루는 절대 휴식이 필요하다. 서구 사회는 물론 국내에도 여가(餘暇)를 선용하기 위하여 학문적으로 접근하고 있겠다. 이게 바로 여가학(餘暇學)이다.

'빌릴 가(叚)'의 전서 형태를 보면 언덕 밑에서 손을 꼬부려 광물을 채취하는 모습이다. 자연으로부터 금은보화를 캐내어 즐기지만, 결국 죽으면서 자연에게 되돌려 주는 형국에서 '빌리다'의 의미가 생성되었다.

겨를 가(暇)와 비슷한 모양의 글자 중에 거짓 가(假) 자가 있다. 날을 빌리면 '겨를'이 생기는데, 사람을 빌리면 '거짓'이 생긴다? 맞는 말이다. 개를 키우는 이유가 거짓말하지 않기 때문이라는 말도 설득력이 있다. 거짓 가(假) 자에 사람 인(亻) 자가 붙어 있다는 게 마음에 걸린다. 결국 인간만이 거짓을 만든다는 게 아닌가? '거짓이 없으면 진실도 없고, 가짜가 없으면 진짜도 없다'라고 하면 지나친 인간 비호일까.

'진짜', '가짜'라는 우리말은 한자어 '진자(眞者)', '가자(假者)'에서 온 것 같다. '가게'라는 말도 길가에 멋대로 만든 가짜 집이란 뜻의 '가가(假家)'에서 온 것으로 보인다.

벼슬을 마다하고 고향에서 자연을 벗 삼으며 한가(閑暇)한 삶을 누린 우리 선조가 많다. 벼슬이 없으니 문 앞에 마차 소리 시끄러울 일 없고 청탁받을 일도 없다. '한가하다'라는 의미의 한자는 한(閑)과 한(閒)이 있다. 낮이면 '한(閑)'처럼 문 닫고 나무 침상에 누워 쉬고, 밤이면 '한(閒)'처럼 문 열고 달을 희롱하며 쉬는 멋이 진정한 휴식이다. 문자학에 의하면 한(閒)은 본디 '사이 간(間)' 자의 원형이었다. 월(月) 자가 문(門) 위에 올라가기도 한다.

여가(餘暇)를 즐길 줄 아는 풍류적인 삶을 누리자. 시간의 여유, 마음의 여유, 생각의 여유를 가질 때 창조적이고 행복한 삶을 영위할 수 있다. 물질적 여유도 좋지만, 이는 엄연히 한계가 있으니 욕심 부릴 일이 아니다. 삼시(三時) 세 끼 거르지 않고, 오척(五尺) 단구 눕힐 만한 자리만 있으면 그만이다. 이러한 최소한의 욕구가 모든 국민에게 충족되는 세상이 행복지수 최상의 복지국가라고 생각한다. 많은 돈으로 인한 피곤한 여가는 결코 행복을 주지 못한다.

수차례의 벼슬을 사양한 조선 중종 때의 학자 화담(花潭) 서경덕(徐敬德) 선생의 시 〈술회(述懷)〉에 나오는 시구다.

富貴有爭難下手(부귀유쟁 난하수)

林泉無禁可安身(임천무금 가안신)

採山釣水堪充腹(채산조수 감충복)

詠月吟風足暢神(영월음풍 족창신)

부귀는 다툼 있어 손대기 어렵지만

자연은 금함이 없으니 심신이 편안하다.

산나물 캐고 물고기 잡아 배를 채우고

풍월을 읊조리자 화창해지는 이 정신.

느티나무 잎 하나 빙그르르 휘돌며 떨어진다. 내 삶의 끝자락도
저와 같다. 어느 바람에 지는 줄 모르는 낙엽이 땅에 떨어지기까
지는 순간이지만, 그럼에도 자세히 관찰해보면 그것은 분명히 절
규가 아니라 춤추는 모습이다. 낙엽 지기 전의 마지막 모습은 어
떠했을까. 아름다운 단풍이었다. 말년의 인생 모습도 단풍처럼
화사(華奢)하고 장엄(莊嚴)한 파노라마(panorama)이어라. 적어
도 나의 경우는 봄꽃보다 가을 단풍을 더 아름답게 본다. 아침 이
슬도 아름답지만 해 질 녘의 저녁놀은 더욱 아름답다.

'삶의 유혹(誘惑)'과 '죽음의 공포(恐怖)', 이 두 가지에서 벗어나고
자 고민하는 것이 인생의 참공부다. 죽음을 향해 가는 길이 늙음

의 내리막길이다. 등산도, 인생도 오르는 길 힘들지만 내려가는 길은 더더욱 어렵다. 그래서 삶의 길을 멋지게 내려가기 위해 늙음의 미학을 찾아보는 것이다.

늙음의 미학 제1장은 '비움의 미학'이다. 비움의 실천은 '버림'으로써 여백을 만드는 일이다. 버림이란 말이 맞지만 너무 냉혹하게 들릴 수도 있다. 점잖게 '나눔'이라 해도 좋다. 꽃이 비록 아름답지만 꽃을 버려야 열매를 맺을 수 있다. 처녀가 설령 아름답지만 처녀를 버려야 옥동자(玉童子), 옥동녀(玉童女)를 낳을 수 있다. 죽음이란 '버림의 끝'이다. 성취(成就)의 청춘도 아름답지만 버림의 노년은 더욱 아름답다. 이것이 늙음의 미학이다.

주먹을 쥐고 태어나는 것은 세상에 대한 욕심이요, 손바닥을 펴고 죽는 것은 모든 소유로부터의 비움이다. 생의 가장 큰 가르침은 죽음이다. 선현(先賢)은 죽음으로써 인생의 진리를 깨우쳐준다. 채운다는 관점에서 보더라도 비운 만큼만 채울 수 있다. 집지양개(執之兩個)요, 방즉우주(放則宇宙)다. 두 손으로 잡아보았자 두 개일 뿐이요, 놓으면 우주가 내 것인 것을.

늙음의 미학 제2장은 '노련(老鍊)의 미학'이다. 노련(老鍊)이란 단어에는 늙을 로(老) 자를 쓴다. '노(老)' 자에는 '노련하다'는 의미가 있다. 오랜 세월의 경륜에서 오는 노하우(knowhow)가 있어 노인은 노련한 경험의 결정체다. 노인은 돌다리도 두들겨보고 걷는 신중함이 있다. 술을 마셔도 젊은이처럼 속수무책으로 쓰러지지 않는다. 그리하여 부도옹(不倒翁)이란 별명이 붙은 것이다.

늙음의 미학 제3장은 '점잖음의 미학'이다. 노인이 되면 언행(言行)이 무겁되 어둡지 않다. 품격(品格)이 고상하되 야하지 않다. 그래서 '점잖다'라는 말이 성립된다. 곧 '젊지 않다'는 말이다. 젊은이처럼 감성에 쉬이 휘둘리거나 분위기에 가볍게 흔들리지 않는다. 지하철을 공짜로 타고 다니는 '지공거사'로서 젊은이의 잘못을 보고도 잘 나무라지 않음은 힘과 용기가 없어서가 아니라 그들도 그러한 시절을 겪어왔기 때문에 이해하고자 함이다. 점잖음, 그것은 중후한 인생의 완결이자 노인이 보여줄 수 있는 장엄한 아름다움이다.

늙음의 미학 제4장은 '생각의 미학'이다. 노인이 되면 이런저런 생각이 많다. 그러다 보니 했던 말을 또 하기도 한다. 하지만 그 생각은 일념통천(一念通天)의 지혜의 샘물이다. '늙은이(늘그니)'는 '늘 그 자리에 있는 이'다. 생각이 깊고 많기 때문이다. 그저 자리만 차지하고 있는 게 아니라 세상을 염려하고 가문을 지키면서 늘 그 자리를 지키는 것이다. 사고(思考)의 '고(考)' 자는 '늙을 로(老)' 변에 속하며 '생각하다'라는 뜻이다. 노인회(老人會)나 기로연(耆老宴)은 생각이 많은 분들의 모임이다.

늙음의 미학 마지막 장은 '3분의 2의 미학'이다. 흔히 몸은 늙었어도 마음은 아직 청춘이라고 항변하는데, 이 말은 사실이다. 정신의 나이는 육신의 나이에 3분의 2에 불과하다. 60세면 40세로 생각하고, 90세면 60세로 생각한다. 마음마저 육신과 똑같이 늙었다고 생각하면 삶이 위축된다. 죽는 날까지 젊은이의 기상으로 살아가야 한다. 젊은 생각으로써 씩씩한 만년을 맞이해야 한다. 인류의 평균연령이 급격히 늘어감에 따라 온 세상이 고령화사회로 접어들고 있다. 퇴직의 새벽을 맞이하면 인생 리모델링(remodeling)을 반드시 해야 한다. 내 남은 인생의 가장 젊은 날은 바로 오늘이다. 어제 죽은 자가 그토록 소망하던 오늘이다.

영리하고 재주가 있는 사람을 일러 총명(聰明)하다고 하는데, 총(聰)은 귀가 밝다는 뜻이며, 명(明)은 눈이 밝다는 뜻이다. 나이가 들면 눈과 귀가 어두워진다. 모든 기능이 저하되어 자세히 볼 수 없고, 또렷하게 들을 수 없다. 하지만 문제없다. 쑥떡같이 얘기해도 찰떡같이 듣는 훈련을 평생 해온 그들이기 때문이다. 요즈음의 젊은이들은 찰떡같이 얘기해도 쑥떡같이 건성으로 들어버리니 낭패(狼狽)다.

아름다움의 끝은 죽음이다. 단풍잎이 어느 이름 모를 바람에 느닷없이 뚝 떨어지듯이 그렇게 죽는 것이, 오복의 하나인 고종명(考終命)이다. 죽고 사는 것이 달려 있는 매우 위태(危殆)한 고비를 일러 사생관두(死生關頭)라 한다. 사관(死關)은 죽음의 관문(關門)인 것이다. 낙엽 지듯 관문을 통과하는 것이 고종명이다. 목숨이 끊어진다는 말은 식도(食道)인 '목'과, 기도(氣道)인 '숨'이 끊어진다는 말이다. 밥이 맛을 잃으면 30일 만에 죽게 되고, 공기가 맛을 잃으면 3분 만에 죽게 된다. 순간의 유명(幽明)이다. 나뭇잎 떨어지듯, 정전되듯, 눈 깜짝할 사이에 밝음과 어둠이 새벽별 보듯 또렷하다. 신의 품에 다가가는 아름다운 구속……

나의 경우 책, 벗, 붓 삼우(三友)로 만년을 준비하고 있다. 사유(思惟)의 대자유, 자유(自遊)의 대자유 속에서 늙어가는 즐거움을 그대는 아는가?

우스갯소리라 하기에는 시사하는 바가 큰 격언이 있다. 누구나
아는 분명한 세 가지.

반드시 죽는다.
혼자서 죽는다.
빈손으로 죽는다.

아무도 모르는 세 가지도 있다.

언제 죽을지 모른다.

어디서 죽을지 모른다.

어떻게 죽을지 모른다.

이 여섯 가지 사실에 공통으로 들어간 단어는 '죽음'이다. 태어나지 않았다면 죽을 일도 없을 텐데, 태어났기 때문에 우리는 반드시 죽는다. 죽어야 한다. 죽을 수밖에 없다.

영생은 영혼의 몫이다. 영원한 시간과 무한한 우주를 생각하면 짧은 인생과 좁은 육신이 야속하기만 하다. 그래서 인간은 영원과 무한을 약속하는 종교와 예술을 지어냈나 보다.

시간(時間)과 공간(空間)의 굴레 속에서 살아가는 인간(人間), 그래서 삼간(三間)이다. 여기의 시간은 '빛'이 만들어낸 것이다. 다행히 빛은 누구에게나 골고루 비춘다. 광무사조(光無私照)라. 빛은 사사로이 비추지 않는다. 빛이 만물에게 공평하듯이 빛이 만들어낸 시간도 누구에게나 공평하다. 이는 시무편애(時無偏愛)라 하면 되겠다. 시간은 사람을 편애하지 않는다. 빈부귀천에 따라, 의인악인에 따라 빛과 시간이 공평하지 않다면 얼마나 열 받는 삶일까. 그래서 잘난 놈, 못난 놈 따로 없이 누구나 똑같은 하늘을 머리에 이고, 똑같은 땅을 발로 밟고 살아가다가 속절없이 생(生)을 마감한다.

이런 맥락에서 보면 빛과 시간처럼 죽음도 모든 이에게 공평하다고 할 수 있겠다. 빛과 시간을 막을 수 없듯이 죽음도 거역할 수 없다. 고로 죽음 앞에 모두 겸허해야 한다.

인간은 혼자서 태어났기 때문에 죽기도 혼자서 한다. 혼자서 죽는다는 사실. 설령 동반자살을 한 사람일지라도 엄밀하게 말하면 시간차가 있다. 사랑하는 가족과 친지, 그리운 벗들마저 모두 두고 혼자서 죽어간다. 그만큼 죽음은 냉엄하다. 강물이 속절없이 바다에 닿듯이, 우리의 영혼은 하늘에 이를 수밖에 없다.

혼자서 죽는다는 사실을 알기 때문에 우리는 살아서 덜 고독하고 싶어 한다. 아무리 나쁜 짓을 한 사람이라도 죽음 앞에서는 겸허해진다. 그리고 한 번 태어난 몸은 죽음도 단 한 번이다. 따라서 부관참시(剖棺斬屍)와 같이 두 번 죽는 일은 있을 수 없는 일이다.

인간은 빈손으로 죽는다. 태어날 때 빈주먹으로 태어났으니, 빈손으로 가는 것도 당연한 이치가 아닌가. 고로 본전인생(本錢人生)이다. 어차피 인생은 '공수래 공수거(空手來空手去)'라고 하지 않았는가. 지나친 욕심을 경계하라는 말이다. '영원히 살 것처럼 배우고, 내일 죽을 것처럼 베풀라'라는 말이 있다. 열심히 배우고, 베풀 줄 아는 사람이 되라는 뜻이다. 한때는 '배워서 남 주나?'라고 했지만, 이제는 '배워서 남 주자'라고 해야 한다. 빈손으로 죽는다는 사실을 정녕 깨달았다면 인생의 최고 덕목은 '비움'과 '나눔'이다. 하늘처럼 비우고 살면 해·달·별을 매달고도 무너지지 않고, 빛과 소리처럼 나눔을 실천하면 우주를 이룰 수 있다.

아무도 모르는 세 가지 중에 첫째는 '언제 죽을지 모른다'라는 사실이다. 그러므로 하루하루를 생의 마지막이라 생각하고 겸손하게 살아야 한다. 오늘 하루가 내 생의 마지막 날인 것처럼 죽음을 준비하는 꽉 찬 삶. 내가 사는 오늘은 어제 죽어간 사람이 그렇게도 소망하던 내일이 아니었던가. 누구도 내일을 자신할 수 없다. 그러니 오늘을 충실히 살아가야 한다. 오늘 하루를 충실히 살아갈 때 영원(永遠)을 사는 것이 되고, 이 자리를 소중히 여길 때 무한(無限)을 얻는 것이다.

우리가 모르는 둘째는 '어디서 죽을지 모른다'라는 사실이다. 현대인은 대개 병원에서 태어나 병원에서 죽을 것이다. 그러나 뜻밖의 장소에서 죽는 일은 유족이나 친지들의 마음을 더 아프게 한다.

죽음 앞에서 허무한 삶. 어차피 허무한 인생일지라도 우리는 사랑으로 만나야 한다. 세상을 살아가는 데에 사랑이 없다면 오늘 하루가 무슨 의미가 있을까.

스티브 잡스. 그는 세상을 떠났지만 그의 명언은 남아 있다.

> "내가 하는 일을 계속할 수 있었던 유일한 이유는, 내가 이 일을 사랑했기 때문입니다. 여러분도 사랑하는 일을 찾으셔야 합니다. 당신이 사랑하는 사람을 찾아야 하듯, 일 또한 마찬가지입니다."

반드시 죽는다고 해서 방종한 삶을 살 필요는 없다. 단 한 번밖에 없는 일회성의 인생이지만, 역으로 생각하면 일회성이기 때문에 소중한 삶이다. '자살'을 뒤집으면 '살자'가 되는 이치와 같다.

아무도 모르는 마지막은 '어떻게 죽을지 모른다'라는 사실이다.

대개 노인성 질환이나 질병으로 죽겠지만 전쟁이나 사고로 인한 죽음은 육신에 대한 모독이다.

우리는 언제 어디서 어떻게 죽을지 모르지만, 그래도 살아 있는 동안은 건강한 모습으로 오래 살고 싶어 한다. 양생(養生)을 통한 무병장수(無病長壽)에 대한 열망은 도가(道家)뿐만 아니라 인류 모두의 바람이었다. 한데 이를 가로막는 가장 큰 장애물이 있다. 질병(疾病)이다.

'건강지성(健康至誠)'이란 건강을 얻기 위해서 지극한 정성을 다 해야 한다는 뜻이다. 여기서 지성(至誠)이란 말은 《중용(中庸)》에 나온다. 문자학적으로 보면 '지(至)' 자는 하늘을 날던 새가 땅 위에 사뿐히 내려앉는 모양이다. 그럼에도 한 번도 뇌진탕에 걸린 바 없으니, '지극하고 절묘하다' 하겠다. '성(誠)' 자는 '말한 대로 이룬다'라는 뜻이다. 거짓 없이 말과 행동이 일치해야 이룰 수 있을 것이니, 여기에 '정성(精誠)'이 필요하다.

다음 세 가지는 건강하게 잘 늙은 법으로, 생의 의욕을 더해주리라 믿는다.

> 첫째, 언제나 웃음을 잃지 말고 긍정적 마음으로 살아갈 것.
> 둘째, 절식 속에 알맞은 운동을 즐길 것.
> 셋째, 끊임없이 하고 싶은 일에 도전하며 살 것.

말은 쉽지만 실천은 언제나 어렵다. 웃음으로 즐기며 쉬운 것부터 도전해보자. 돈과 명예보다 가치 있는 건강이기에 지성으로 돌보아야 할 것이다.